废名小说
在传统文化土壤中的生长与演绎

石明园 / 著

吉林大学出版社
·长春·

图书在版编目（CIP）数据

废名小说在传统文化土壤中的生长与演绎 / 石明园著. -- 长春：吉林大学出版社，2023.12
ISBN 978-7-5768-2859-7

Ⅰ. ①废… Ⅱ. ①石… Ⅲ. ①废名（1907-1967）- 小说研究 Ⅳ. ①I207.42

中国国家版本馆CIP数据核字(2023)第245745号

书　　　名：	废名小说在传统文化土壤中的生长与演绎

FEIMING XIAOSHUO ZAI CHUANTONG WENHUA TURANG ZHONG DE SHENGZHANG YU YANYI

作　　者：石明园
策划编辑：殷丽爽
责任编辑：张宏亮
责任校对：安　萌
装帧设计：雅硕图文
出版发行：吉林大学出版社
社　　址：长春市人民大街4059号
邮政编码：130021
发行电话：0431-89580036/58
网　　址：http://www.jlup.com.cn
电子邮箱：jldxcbs@sina.com
印　　刷：三河市嵩川印刷有限公司
开　　本：787mm×1092mm　1/16
印　　张：9
字　　数：170千字
版　　次：2023年12月　第1版
印　　次：2024年1月　第1次
书　　号：ISBN 978-7-5768-2859-7
定　　价：72.00元

版权所有　翻印必究

目　录

引言 1

第一章　废名小说中的道家思想因素 5
第一节　生存环境的宁静之美——乐园的回归 7
第二节　人物的静柔之美 13
第三节　废名小说中的女性形象 15
第四节　废名小说中的"老人"与"聋哑人"形象 20
第五节　废名小说中的儿童世界 24
第六节　"圣人无名"与废名之名 37

第二章　废名小说与禅宗 45
第一节　从故乡黄梅说起 46
第二节　"我"即是"佛"——肯定个体存在的价值与意义 47
第三节　"佛法在世间，不离世间觉" 50
第四节　自由不能只在梦境 54

第三章　废名小说与儒家文化 57
第一节　废名小说中的救亡思想与儒家匡世精神 57
第二节　废名小说中的教育思想与儒家匡世精神 71

第四章 废名小说《桥》文化阐释 … 89
第一节 对世俗生死观念的超脱 … 89
第二节 理想化人性状态的建构 … 90
第三节 对自然的热爱与崇尚 … 91
第四节 《桥》的哲学内涵的呈现 … 93

第五章 莫须有先生系列小说的文化阐释 … 96
第一节 忧时伤世的儒家普通知识分子形象塑造 … 96
第二节 超脱释然的人生态度与历史循环论 … 97
第三节 坚韧达观的市民大众形象塑造 … 100
第四节 莫须有先生系列呈现的儒家情怀 … 101

第六章 废名小说创作的变迁与发展 … 104
第一节 废名文艺思想的变迁 … 104
第二节 废名小说创作风格的发展 … 112
第三节 废名小说创作的价值与意义 … 124

参考文献 … 126

引　言

　　一些研究者认为，废名始终是现代文学史上一个寂寞与孤独的现象，他发出的声音是微弱的，留下的痕迹是淡淡的，不易被人察觉，但实际上，废名并没有被忘记。将近一个世纪的研究历史证明，他的独立精神人格、他独辟蹊径的文学追求，被看作是一道独特的风景，并且得到了理解与尊重，朱光潜、卞之琳、沈从文、刘西渭等作家、评论家在当时就认识到废名作品的价值。随着我国经济文化的繁荣发展，时代的主题已经由20世纪三四十年代的革命救亡，转变为以人为本的和谐与发展，废名的思想和作品越来越受到关注，"废名研究"越来越热。

　　关于废名小说的研究，主要集中在以下几个方面：分期问题、佛禅精神、叙事策略、文体特征、影响研究等。

　　首先，一提到废名，人们就以"诗化小说""田园小说"来概括他的艺术风格。"诗化""田园"意味着废名小说写作的"真正风格"，废名有很大一部分作品，如《浣衣母》《竹林的故事》《河上柳》《菱荡》《桥》等都是这种风格的代表。但是，我们必须认识到"诗化""田园化"并不是废名全部的小说艺术，废名小说的艺术风格有一个从平实到诗化再到散文化的渐变过程。他的早期作品如《讲究的信封》《少年阮仁的失踪》《追悼会》等，现实感就非常强，无论表现内容还是艺术风格，都没有一点诗的气息。他的后期创作，如《莫须有先生传》《莫须有先生坐飞机以后》，一改中期小说的诗化风格，有时以幽默与嘲讽描写人间千姿百态的世俗生活，有时采取"实录"方法，重现人生的原初状态，语言表达也变得相当奇险、生僻、泼辣、烦琐、绵密。因此，那种认为废名的小说就是单纯的"诗化小说""田园小说"的观点是不全面的，不能概括废名小说的整体风格。

其次，废名笔下的自传性人物莫须有先生多次自称"禅宗大弟子""大佛教徒""大乘佛教徒"，但这并不意味废名本人也是一位佛教徒。废名深受禅宗思想的影响是不争的事实，读其小说、诗歌如同参禅，但他并不是以作品论禅，而是将佛教思想与艺术思维有机结合在一起来进行文学创作，表达自己的美学思想、文学思想、社会理想，即使是他的佛学专著《阿赖耶识论》表达的也是他的反进化论的社会思想。另外，在中国传统文化中，儒家思想、道家思想对废名的创作都有深刻的、不容忽视的影响，禅宗只是废名创作的一个思维角度，但绝不是唯一的角度。研究废名，应该采取多元互补的方法，这样，才能真正地理解废名，才会对他在文学史上的地位、价值作出比较公正、客观的评价。

再次，废名的创作与历史进程、时代潮流不同步，与文艺发展节奏不合拍，与整个社会主流言说之间显得格格不入。在当时的历史背景之下，他也许是"反现代"的，但"现代性"是一个不断生长的名词，在今天看来，废名向故土回归、向传统文化回归、崇尚和谐、关注生命的思想，恰恰是废名对现代性不懈追求的表现。

最后，研究者关注比较多的是废名的短篇小说，却很少研究挖掘他的长篇小说；即使研究，也只不过是一部《桥》。造成这样一种现象的原因有很多，与有些论者不欣赏废名的长篇有一定的关系。有的评论者认为，废名的《莫须有先生传》《莫须有先生坐飞机以后》是失败的创作，甚至根本就谈不上是小说。我认为，废名是一位极富探索创新精神的小说家，这种探索创新精神不只表现在他的短篇小说创作中，在他的长篇小说创作中表现得最为突出。他的三部长篇小说《桥》《莫须有先生传》《莫须有先生坐飞机以后》风格各异，自创一格。只有研究废名的长篇小说，才能够比较完整地呈现废名小说创作的整体艺术风貌，解释其不同阶段的风格特点和前后风格变异的种种原因。

近百年的沧桑已经检验了文学者及其创作的生命力，废名的文学生命力是顽强的，而且愈发显得容光焕发，究其原因，他的创作扎根于中华传统文化，有着厚重的传统文化底蕴，显得扎实、深邃，一个民族无论发展到何种程度，总也割不断固有的文化血脉，尽管废名的作品使人觉得晦涩、奇僻，却同时也有一定的亲近感。废名接受过比较规范的私塾教育，中华传统文化中的儒、道、佛思想构成他的文化思想，伴随着他的精神探索贯穿在创作之中。

废名对儒、道、佛思想的接受是一个伴随着他的精神成长逐渐探寻的历程。"仁"是儒家思想的核心主题，将仁爱之心由己推而广之，使人人以礼相待，推及至整个社会，造就一个大同的理想乌托邦，这是儒家学说拥护者长久的希望。也正是儒家这种"修身，齐家，治国，平天下"的积极的投身国家的思想，使知识分子以此作为人生最终的目标。废名幼年就接受了比较正规的儒家文化教育，形成中国传统知识分子忧国忧民的情怀基调。这一点决定了不管他个性如何，选择怎样的生存方式、表达方式，他始终在关注家国命运，以自己的方式找寻民族复兴的出路。在他的早期现实题材小说和后期的《莫须有先生传》《莫须有先生坐飞机以后》中，他对现实的关注表现得非常明显，而且他的救国方案的实质就是对人民实行"仁政"。另外，儒家思想的另一当代意义在于作为个体的人在社会生活中，只要每个人都能做到用"德"律己，以"仁"待人，就能建立起"和谐"的人际关系。这正是和谐社会的重要内容。

由于当时社会的黑暗，废名一时间感到失落、彷徨——对现实不满、又对自己改变现实的能力有所怀疑，于是产生了消极、躲避的心态，躲避到文学中，编织理想的世界、理想的梦境，实现精神的大自由。这就是他最有代表性的"诗化田园小说"。这一时期，道家思想对他的影响很大。既然以政治、教育的方法不能使社会圆满，就应该顺应自然，尽量避免人为的造作，因为人为造作越多，麻烦就越多。于是就有了《竹林的故事》《菱荡》《桥》中的灵秀的自然，孩童一样纯朴的人。

但是，作为一个生活在社会和人群中的个体，尤其是一个有良知的知识分子，不可能对现实熟视无睹，废名不是庄子，国家的苦难，使他很快又回到现实中来。在他的《莫须有先生坐飞机以后》中，我们不难发现，废名为国家、民族找到的出路是儒家的"仁",而他的精神出路是在禅宗的教义中找到的,禅宗为他提供了一定的精神支持。废名自幼在故乡黄梅就受到禅宗思想的熏陶,更重要的是禅宗的超越精神,禅宗强调佛就在心中,涅槃就在生命过程之中,理想就在现实生活之中。这样,禅宗就把彼岸世界转移到现实世界,把对未来生命的追求转换为内心反求。由此禅宗反对舍弃现实感性生活和扭曲自性去寻求超验,而是强调"佛法在世间,不离世间觉"(《坛经》),要求在日常生活中发现超越意义,实现理想精神境界,从而实现生命的超越,精神的自由。

儒、道、佛思想在废名小说中达到了一定的境界,描画出废名的精神探索历程。当然,废名是有选择地接受的,他的精神困境,在当时被许多人忽视,在当代却凸显出来,废名呼唤的和谐——人与人、人与自然、人与自我心灵的和谐是最具现代意义的,实现和谐,我们或许应该到传统文化中寻找出路。

第一章　废名小说中的道家思想因素

废名的小说作品具有浓厚的哲学思考和抽象思辨性，这在一定程度上反映了道家思想的影响。道家思想强调自然、无为、虚静、柔弱等理念，这些理念在废名的小说中得到了充分的体现。例如，废名在小说中常常描绘自然风景和田园生活，表现人与自然和谐相处的状态，这与道家思想中的"天人合一"观念相吻合。同时，废名小说中的人物形象也常常呈现出柔弱、沉默、内敛的特点，这与道家思想中的"柔弱胜刚强""大音希声，大象无形"等观念也有相似之处。因此，可以说废名的小说在一定程度上反映了道家思想对他的影响，表现了作者对人生、自然、宇宙等方面的思考和探索。废名的小说与道家思想之间的联系，不只体现在理念和思想上，还体现在作品的艺术表现手法上。

废名的小说具有一种独特的简洁、朴素、自然的风格，这种风格与道家思想中的"大道至简""返璞归真"等理念有着密切的联系。废名在小说中常常使用简短的句子、简单的词汇，以及朴素的描写手法，来表现人物和情节，这种朴素自然的表现方式，给人一种清新的感觉，也体现了道家思想中的崇尚自然、反对矫揉造作的艺术追求。废名在小说中常常使用象征、隐喻等修辞手法，来表现人物内心世界和主题思想。这些修辞手法与道家思想中的"物我两忘""天人合一"等理念有着密切的联系。例如，在废名的短篇小说《竹林的故事》中，作者通过描述竹林中的人物和生活，来象征人生的无常和虚幻，表现了对人生和宇宙的思考和探索。废名的小说中还常常涉及死亡、永恒等主题，这些主题也与道家思想中的观念有着密切的联系。在废名的长篇小说《桥》中，作者通过描述主人公对死亡的感悟和思考，来表现对生命和死亡的深刻思考和探索。废名的小说与道家思想之间有着密切的联系，这种联系不仅体现在作品的思想和主题上，也体现在作品的艺术表现手法上。通过对这种联系的深入探讨和分析，我们可以更好地理解废名的作品，以及他对人生、自然、宇宙等方面的思考和探索。

废名的创作有明显的禅味——废名笔下的莫须有先生就自称"禅宗大弟子""大佛教徒""大乘佛教徒"，还有佛学专著《阿赖耶识论》，而且读其小说、诗歌如同参禅。但也有人认识到："禅宗只是废名作品的一个审美向度，但绝不是唯一的向度。"[①]

反复细读废名的创作，我们发现其中有着浓烈的道家精神气息——崇尚自然、珍爱生命、渴望自由。尤其是他最有代表性，也是最能体现他的创作风格的中后期作品——田园诗化小说，充满静柔之美、素朴之美、梦幻之美，体现了老庄哲学淡泊避世，无为不争的方面。从中折射出在当时复杂的现实面前，废名因为无奈、失望、缺乏把握，而将能量转向了内心世界，道家思想使他获得了精神的提升。

但废名对老庄思想的吸收是有所侧重与选择的。老子的哲学充满矛盾，他具有无为不争、贵柔守雌、居后居卑、淡泊隐世的一面，又表现出有为尚争、以退为进、以柔克刚、积极涉世的一面。这对矛盾在老子的人生观中，前者只是形式，后者才是真正反映其内心欲望与动机的实质性内容。老子"不争"是为了"大争"，"居后"是为了占先，有"是以圣人后其身而身先，外其身而身存，非以其无私邪？故能成其私"（《道德经·第七章》）"夫唯不争，故天下莫能与之争"。（《道德经·第二十二章》）为证。老子主张"无为"，但又不是真的一无所为，而是企图大有作为；主张"守柔"，并非不知刚，而是力图以柔克刚，有"为不为，则无不治矣"（《道德经·第三章》）"通常无为而无不为"（《道德经·第三十七章》）为证。因此，老子表面是出世，实际上是入世的。

废名在他的某一段时期很显然从老子那里吸取了前者，即"无为""守

[①] 陈建军.废名年谱[M].武汉：华中师范大学出版社，2003：339.

柔"的方面，却将其这样做的目的舍弃了。因此，此时的废名更接近庄子的"出世"。

鲁迅在《汉文学史纲要》中说："故自史迁以来，均谓周之要本，归于老子之言。然老子欲言有无，别修短，知白黑，而措意于天下；周则欲并有无修短白黑而一之，以大归于'混沌'，中国出世之说，至此乃始圆备。"①

在庄子那里，老子的"无为"思想被发展，"有为"思想被舍弃了，使"无为"变成"一无所为"或"无用"，变现出隐世、遁世、避世、出世的格调。废名的避世风格是十分明显的，他对现实不满，又不愿为改变现实而行动，为了躲避现实的苦痛，他曾经躲到纯美的诗化小说中，去做他理想国、幻想国的美梦。在那里，他像一只将头插入沙土地而躲避危险的鸵鸟，宁愿现实的一切是幻梦，而他的美梦才是真实。

第一节 生存环境的宁静之美——乐园的回归

废名田园小说一个很重要的特征就是如诗如画的风景描写，这美好的风景是小说中人物的生存背景，也是小说所要表达的重要内容之一。废名的小说往往并不注重情节，他的小说总是情节冲淡。正如他自己承认的："无论是长篇或短篇，我一律是没有多大故事的，所以要读故事的人尽可以掉头而不顾。"②他的小说就是"风景如人物"，他的风景、他的人物都在述说他的理想世界。

废名小说的风景是"静"的，请看以下几段。

"……现在走进房来，忖着大家已经就睡，静静地走在阶沿，对这天井坐着。阶下一方砖地，满着青苔，两钵玉簪花在中

---

① 鲁迅.汉文学史纲要［M］.北京：人民文学出版社，2006.
② 废名.废名文集［M］.北京：东方出版社，2000：97.

间放着,依稀的星光可以辨出花的白来,不是一阵风吹送馥郁气息……我们的话,比蟋蟀叫声还低,芹的声音的清脆以及流水一般地说了又说,也是在赶不上蟋蟀。"(《鹧鸪》)

"河里没有水,平沙一片,现在这坝从远远看来是蜿蜒着一条蛇,站在上面的人,更小到同一颗黑子了。由这里望去,半圆形的城门,也低斜得快要同地面合成了一起;木桥俨然是画中见过的,而往来蠕动都在沙滩,一转眼就消失了心中的标记。只觉得一簇簇的防腐蚀远山上的树林罢了。至于咕咕的喧声,却比站在近旁更能入耳,虽然听不着说的什么,听者的心早被他牵引去了。竹林也同平常一样,雀子也奏他们的晚歌,然而听惯了人只能增加静寂。"(《竹林的故事》)

"那头沙上她看见了一个鹭鸶,并不能说是看见,她知道是一个鹭鸶。沙白的炫目,天与水也无一不炫目,要她那样心境平和,才辨得出沙上有东西是在那里动。她想:此时此地真是'鹭鸶之场',什么人的诗把鹭鸶用'静'字来形容,确也是对,不过似乎还没有说尽她的心意——这也就是说没有说尽鹭鸶。静物很多,鹞鹰也是最静不过,鹭鸶和鹞鹰是怎样的不能说在一起!鹞鹰栖岩石,鹭鸶则它不于凭啥。"(《桥》)

老子主张人们应当用虚寂沉静的心境去面对宇宙万物的运动变化。

"致虚极,守静笃。万物并作,吾以观其复。夫物芸芸,各复归其根。归根曰静,是谓复命。"(《道德经·第十六章》)返回根源、回归本来状态叫作寂静,一切都必须回归于"寂静"。

"重为轻根,静为躁君。"(《道德经·第二十六章》)老子认为安静可以主导躁动,因为躁动无法长久,必须回归静之。

"燥胜寒,静胜热,清静为天下正。(《道德经·第四十六章》)"安静可以化解炎热,平淡无为是天下正途。

废名接受了老子"静的哲学",在静的哲学观照下,他的饱受现实烦扰的心灵得到了平复，仿佛在烈日之下找到了一片绿荫。他要从早期的《石勒的杀人》式的愤怒、焦躁中解脱出来。在宁静的心绪下寻找生命真谛。在《忘记了的日记》中，废名自己承认："我的哥哥了解我。我有一回在家里发脾气，他问我：'我看你的文章非常温和，而性情却非常急躁。'这是真的，我一时不能作答。"①在小说中，他在有意营造一片宁静的天地，为自己也为世人寻找心灵的栖息之地。

读废名的田园小说的确给人一种宁静素朴的感觉：竹林、杨柳、流水、小桥，没有任何现代文明的痕迹，却总是用某一个人、一座桥提醒人们现代文明的存在，这是一个与文明观念共存的原始化的社会。虽不是过着"结绳而用之"的生活，却以放牛、打鱼、洗衣、种田为生活的主要内容。而且这些日常生活不仅使生活于其中的人们衣食无忧，劳动也被艺术化了。

"小林放学回来，他的姐姐正往井沿洗菜，他连忙跑去，取水在他是怎样欢喜的事！替姐姐拉绳子。深深的，圆圆的水面，映出姐弟两个，连姐姐的头发也看得清楚。"（《桥》）

"有一回，母亲衣洗完了，也坐在沙滩上，替他系鞋带，远远两排雁飞来，写着很大的'一人'在天上，深秋天气，没有太阳，也没有浓重的云，淡淡的，他两手抚着母亲的发，尽尽的望。"（《竹林的故事》）

及至《竹林的故事》《菱荡》《桥》中，人性被过滤得只留下单纯的美与善，连早期的淡淡的忧伤也消失了，没有扰攘纷争，只有宁静和谐以及在与自然融合中物我两忘的人生体味。

老子的"寂静"指的是返回根源，即回到本来状态，而"根源"与"本来状态"则指的是父系时代之前的史初时代与母系时代。

"卧则居居，起则于于，民知其母，不知其父，与麋鹿共处，耕而食，

---

① 废名.废名文集[M].北京：东方出版社，2000：47.

织而衣，无有相害之心，此至德之隆也。"（《庄子·杂篇·盗跖》）

在许多民族早期的历史文献中都记载着乐园的存在，最完整的记述是在《圣经·创世纪》中，《古兰经》中所谓"天国"也与之极相似。其实，除去神话表层的面纱，"天堂""乐园"就是人类与自然和谐相处的最初状态。曾经有观点认为，"天堂""乐园"完全是文明时代的人在没落阶段，或文明时代人群中的没落阶层的一种幻想。因为按照进化论的观点，原始时代只是文明时代最初，也是最低的起点。但美国人类学家马文·哈里斯（Marrin Harris）在《文化的起源》中指出："在物质层面上，对公元前3万年至1万年旧石器时代的考古研究表明，当时猎人以厚密的兽皮作床，以动物骸骨作燃料，其舒适程度甚至超过城市中的公寓。而且旧石器时代人们的遗骨残骸证明他们的营养状况也非常好！并且没有战争与大规模流行的疾病，他们确实如同生活在乐园中。在精神层面上，原始并非如文明人想象的那样充满恐惧与痛苦。相反，在阶级与国家出现之前，每一位普通人都享受着今天只有少数特权者才能享受到的政治经济自由。"[1]

在中国典籍西汉《淮南子》中，有中国伊甸园传说的典型记载："太清之始也，和顺以寂漠，质真而素朴，闲静而不躁，推移而无故，在内而合乎道，出外而调于义，发动而成于文，行快而便于物。其言略而循理，其行悦而顺情，其心愉而不伪，其事素而不饰。是以不择时日，不占卦兆，不谋所始，不议所终；安则止，激则行；通体于天地，同精于阴阳；一和于四时，明照于日月，与造化者相雌雄。是以天覆以德，地载以乐；四时不失其叙，风雨不降其虐；日月淑清而扬光，五星循轨而不失其行。当此之时，玄元至汤而运照。凤麟至，蓍龟兆，甘露下，竹实满，流黄出而朱草生，机械诈伪，莫藏于心。"这些正如庄子所描述的"至德之世"。

可见，没有父权制与国家机器的母系时代是人类理想中的乐园、人类公认的黄金时代。但是，老子越是强调"无有相害之心""绝圣弃智""不争"……越是证明了人的自私自利、似有意识已经产生，并且破坏了人与自

---

[1] 哈里斯.文化的起源[M].黄晴，译.北京：华夏出版社，1988：63.

然的和谐。到了父系时代，乐园时代的秩序、和谐、宁静已经在纷争与动荡中被埋葬了。

"逮至衰世，镌山石，鏻金玉，擿蚌蜃，消铜铁，而万物不滋。刳胎杀夭，麒麟不游；覆巢毁卵，凤凰不翔；钻燧取火，构木为台；焚林而田，竭泽而渔；人械不足，蓄藏有余，而万物不繁兆，萌芽卵胎而不成者，处之太半矣。"《淮南子·本经训》

令人惊讶的是，在西汉乃至更早的时期，中国人对人对自然的过度索取、利用、纷争、改造的结果就有如此深刻的预见，这一切曾经在不远的过去，甚至现在仍被一部分人看成是人类智慧与伟大的证明，是人类进步，走向文明的标志。

自从私有制产生以后，人类离开了乐园。于是回归乐园成为最高的理想。但是，在事实上，历史正如同人生，是不可能退回去的，"一受其成形，不亡以待尽。与物相刃相靡，其行如驰而莫之能止，不亦悲乎？"（《庄子·齐物论》）要想实现回归乐园的理想，一方面尽量减少人与自然的对立，尊重大自然的秩序与平静，降低人与世界的异化程度。所以老子说："人法地，地法天，天法道，道法自然。"（《道德经·第二十五章》）另一方面，是继续寻找精神的乐园——对精神和谐、内心平静状态的追求。这种和谐是人与自然之间、也是人与人、人与社会之间的和谐。是针对人类社会不同历史阶段出现的战争、暴力、掠夺、动荡等现象而产生的。

"静寂安宁"是乐园时代一个重要的特征，同时也是人类初始时代拥有的最珍贵的内心状态。废名的小说写黄昏、写夜、写人、写柳林……无不静寂安宁。史家庄、陶家村就是世外桃源，而且人与自然的相处是那样和谐。

"这缘故，便因为一条河，差不多全城的妇女都来洗衣，桥城墙根的洲上，这洲一直接到北门，青青草地横着两三条小道，不知从什么时候起，但开辟出来的，除了女人只有小孩，孩子跟着母亲或姐姐。河本来好，洲岸不高，春夏水涨，不另外更退出了沙滩，搓衣的石头挨着岸放，恰好一半在水。"（《桥》）

"太阳快要落山，史家庄好多人在河岸'打杨柳'，拿回去阴天挂在门口，人渐渐走了，一人至少拿去一枝，而杨柳还是那样蓬勃……越发显得绿，仿佛用了无数精神尽量绿出来。"

"四五月间，霪雨之后，河里满河山水，他照例拿着摇网走到河边的一个草墩上，这墩也就是老程家的洗衣服的地方，因为太阳射不到这来，一边一棵树交荫着，成一座天然的凉棚。水涨了，搓衣的石头沉在河底，剩下绿团团的坡，刚刚高过水面，老程老像划船一样在上面把网朝水里兜来兜去……"（《竹林的故事》）

"陶家村门口的田十年九不收谷的，本来也不打算种谷，太低，四季有水，收谷是意外的丰年。水草连着菖蒲，菖蒲长列坝脚，树荫遮得这一片草无风自凉。陶家村的牛在这坝下放，城里的驴子也在这坝下放。人喜欢伸开他的手脚躺在这里闭眼向天。"
（《菱荡》）

在这里，人对自然没有过多的奢求，即使如陶家村那不能种谷的田，有不尽如人意之处，人们也都认为是很合理的，很平常的事。不去考虑改变它，自然又是那样自然而然地为人们提供方便，人们也顺理成章地接受。这样就避免了人与自然之间的二元对立。

很显然，废名小说中的小河、流水、柳树、竹林、青草野花、细雨薄雾、黄昏夕阳，正如小说中至纯至美的人物一样，并不是现实的再现。人类早已走出了童年时代，走出了乐园的大门，人与世界、人与自身之间不可能没有矛盾，大自然也绝不会没有风雨雷电，如此和谐、宁静。废名之所以回避矛盾，是因为他认为解决问题的钥匙就在人自身之中，想通过人性自身的修养，回归精神最初的和谐乐园。

第二节　人物的静柔之美

废名小说中的人物以女人、儿童、老人、聋哑人为主要角色，这一人物谱系的选择与老子"静柔""守雌"观念的影响有着直接的关系。老子的观念是在春秋末年政治动荡、社会混乱的状况下提出来的全身自保的处世态度，也成为他理想中"至德之世"的得道之人的理想人格。为此老子作了充分的论证。

"人之生也柔弱，其死也坚强。草木之生也柔脆，其死也枯槁。故曰坚强者死之徒，柔弱者生之徒。是以兵强则灭，木强则折，强大处下，柔弱处上。"（《经德·第七十六章》）

"天下莫柔弹于水，而攻坚强者莫之能胜，以其无以易之。弱之胜强，柔之胜刚，天下莫不知，莫能行。"（《道经德·第七十八章》）

"大邦者，下流也，天下之牝也，天下之交也，牝恒以静胜牡，为其静也，故宜为下也。"（《道经德·第六十一章》）

"天下之至柔，驰骋天下之至坚。"（《道经德·第四十三章》）

"知其雄，守其雌，为天下豁。"（《道经德·第二十八章》）

在老子的理论体系下，"柔""雌"是高尚品德者的人格特征，也是"水"的特征，他认为，这些人的人格像水一样，一是柔；二是停留在卑下的地位；三是滋润万物而不与之争。"静柔""守雌"并不是退避、躲藏，而是体现着老子辩证思想"无为而无不为"的处世原则。

在废名一系列的小说中，有一个独特的人物体系，与现实世界不同的是，这个体系是由女子、孩子、老人，身体不健全的聋哑人构成。成年男子作为现实社会的支柱在这里消失了。

父系社会以后，男性逐渐成为社会生活的"主宰"，女性的职能转向从事家务劳动与生儿育女，与老人、孩子一样被边缘化。男子为了维护私有利益，倾向于竞争与武力，在家庭、民族、国家中都扮演着建设者、管理者、保护者的角色，他们自信，有体力、有智慧，也有野心，因此与战争、冲突结下了不解之缘。相反，女子、孩子、老人在战争中居于被侵略或者被保护的状态。

勇武善战、富于冒险精神与征服欲望的男性在他的作品中缺席了，即使出现也是病弱、麻木、愚昧而缺少阳刚之气。这样的男性甚至是可以被忽略的，女人、小孩、老人成为主要人物。他的小说也就此染上了平和、柔美、诗一样的乌托邦气氛。

对作品中人物的精心选择，透露出废名的社会生活理想与主张——他厌恶战争，以及与之性质相关的冲突、竞争；他追求平等、自由、祥和的生存境界。众所周知，在废名的大部分作品中，面对苦痛、纷乱的现实时，往往会采取尽量冲淡悲伤，营造充满人情美的乌托邦境界。在他的笔下难以找到强悍的阳刚之力，到处流溢着阴柔之美。

《柚子》《浣衣母》《竹林的故事》《桃园》《桥》……无一不是以女性、儿童、老人为主人公，即使有男性出现，也无非是一些病弱者（《病人》《少年阮仁的失踪》）、壮年去世者（《竹林的故事》《初恋》《半年》）、酗酒早衰者（《浣衣母》《桃园》），有一些男性只是在文中一带而过，根本就没有出现。莫须有先生虽然是小说的主角，但在一群乡村妇女之间谈禅论道，才是他无比惬意之事。他已经超脱于男性的功利社会了。

早在《少年阮仁的失踪》中，废名就借阮仁之口说出了自己理想的生活方式："……我将预见种种形状的小孩，他们能给我许多欢喜；我将预见种种形状的妇女，尤其是乡村妇女，我平素暴躁的时候见了他们便平释，骄傲的时候见了他们便和易……"

儿童、妇女、聋哑人在整个社会结构中是处于劣势地位的，柔弱、从属是他们的共同特征，他们缺乏的是强悍的力，这是一个处于社会边缘的人群。但试想，如果由这些人组成一个社会，将是多么祥和宁静。老子提出过他的小国寡民理想："小国寡民。使有什伯之器而不用；使民重死而不远徙；虽有舟舆，无所乘之；虽有兵甲，无所陈之。使民复结绳而用之。甘其食，美其服，安其居，乐其俗。邻国相望，鸡犬之声相闻，民至死不相往来。"（《道德经·第八十章》）这就是老子心中的理想社会——国小，人少。这并不是原始的洪荒时代，而是有文明的产品——船只、车辆、武器，却能视而不见，无所用之，甘愿回到远古时代的相安务实的生活，饮食甘甜、服饰美好、居住安适，习俗欢乐。这也被庄子称作"至德之世"。

然而，老庄的理想也只能作为人类心灵上的"理想国""世外桃源"，使人心向往之。在现实中是不可能实现的。废名却在他梦幻的田园小说中重构了这理想中的诗性社会。在这方面最有代表性的是《竹林的故事》《浣衣母》《菱荡》《桥》。

第三节　废名小说中的女性形象

"乡村女性"是废名小说中当之无愧的主要角色。在这些女性形象中，以母亲、少女为主要典型。这些慈爱、柔美的女性是废名"乐园"意境的重要组成部分，对女性柔美的极力张扬也是老子"回归"观念的体现。

一、柔美虚幻的少女形象

废名笔下第一类女性形象就是少女形象。包括柚子、三姑娘、琴子、细竹、小千、驼子姑娘……对这些少女的形象，废名并没有直接描写她们美丽的面孔与身姿，但却在字里行间使人感到她们的纤柔、细腻、真实、纯洁，她们是大自然中最和谐的存在。在她们身上，体现了老子"天下之至柔，驰骋天下之至坚"（《道德经·第四十三章》）的思想。

柚子自幼善良温柔，虽然比"我"年龄小，却乖巧懂事："我"与别的孩子赌牌输钱，柚子在一旁，窘急地观望、劝告，却被我威吓；年底吃饧糖，我总是偷吃、强占柚子的，可她并不作声；春天吃菜薹，柚子欢天喜地去割菜，高高兴兴地看我吃……柚子爱外祖母，爱她的父母兄弟，爱焱哥、琴姐。柚子身世不幸，家道中落，父亲多病，入狱；两个哥哥生意倒闭，远走他乡做伙计，她们母女二人付不起房租，被告到衙门。在家庭困境中，年幼的柚子却担当起照顾母亲、维持生计的责任，帮助邻居缝补衣服，赚回与母亲的口粮，还要解劝两位怨天恨地的嫂嫂。母亲极力称赞柚子的驯良："没有她，这世上恐怕寻不出姨妈哩。"在这样的生活情况下，柚子表现出她柔韧的生命力：身材很高，颜面也很丰满，见了我，依然带着笑容叫了一声"焱哥"。

与她的父亲哥哥这些本应顶门立户的男人相比，柚子是柔弱的，但恰恰是刚强者急于证实自己，而四处碰壁，导致之后的一蹶不振。柔弱者并不是一味地软弱，而是外柔内刚，顺势婉转。柚子的言行已证明了她坚强的品质，这样的柔弱无疑胜过刚强。老子说："咎莫大于欲得，祸莫憯于不知足。"（《道德经·第四十六章》）反对与人争，"夫唯不争，故天下莫能与之争。"（《道德经·第二十二章》）

《竹林的故事》中的三姑娘与柚子的命运相似，是一个与母亲相依为命的少女，与柚子不同的是，三姑娘命运的悲剧色彩几乎被废名装饰得不易被发现了。她生长在安静、清秀的竹林风光之中。三姑娘自幼温柔、懂事、能干，"害羞而又爱笑……我们起初不知道她的名字，问她，笑而不答。"河水、竹林是她既柔又韧的性格的象征。无论废名怎样搭建他梦中的"乐园"，任何一个有现实生活经验的人，都不难想象母女二人靠种田卖菜养家的生活，是何等的艰难。三姑娘八岁就能替妈妈洗衣、种园、看鸡，十岁多一点就挑担卖菜……三姑娘柔而不弱，对生活没有过多的欲求，付出辛苦之后，只取她需要的，过着满足、顺应自然的生活，这正是老子所说的："见素抱朴，少私寡欲。"（《道德经·第十五章》）即做人要朴素、真实，减少欲望，不要贪心不足。

《桥》中琴子和细竹的身世背景就更加模糊，她们彻底成为柔美、善良的洁净化身。丝毫不沾染尘世的气息，优雅飘逸，无私无欲，谈禅论道，不食人间烟火，彻底成为自然美景中的一部分。也决定了《桥》的阴柔之美。

老子首倡阴阳学说，认为阴阳相参是世界图式。老子认为："道生一，一生二，二生三，三生万物。万物负阴而抱阳，冲气以为和。"也就是说，"阴"与"阳"既相互对立，又互相依存，但"阴"与"阳"相比较，"阴"胜于"阳"，即"柔弱"胜于"刚强"，"不争"胜于"争"，"守雌"胜于"进取"。在人与自然的关系中，老子强调"法"自然，强调顺乎自然规律的阴柔的一面。老子认为生命的内核归结于"柔"，也将美的外观与形式归结于"柔"。"柔"是生命的初始状态，也是战胜强劲对手的法宝，是审美的对象，也是审美的最高境界。

"柔美"用来概括琴子和细竹是最恰当的。两人的生活是完全艺术化的，梳头、照镜、赏月、观花是她们生活的主要内容。小林对她们的美几乎是崇拜了。

"他（小林）曾对细竹说：'你们的窗子内也应该长草，因为你们的头发拖得快要近地。'细竹笑他，说她们当不起他这样崇拜。他更说：'我几时引你们到高山上去挂发，教你们的头发成为人间瀑布。'"

"阴天，更为松树脚下生色，树深草绿，但是一个绿。绿是一面镜子，不知挂在什么地方，当中两位美人，比肩——小林首先洞见额上的眼睛，额上发……"

"柔美"无疑是废名的美学追求，在《桥》中，无论写花、写草、写雨、写夜、写天空，他总是不忘与"女人"之美联系在一起。

"我告诉你们，我常常喜欢想象雨，想象雨中女人美——雨是一件袈裟。"

"然而到底是他的夜之美还是这个女人美？一落言诠，便失真谛。"

"真是晴得鲜明，望天想象一个古代的女人，粉白黛绿刚刚妆罢出来。"

恐怕只有女人之美才能说尽废名关于"美"的理想吧？少女形象在废名小说中是一个亮点，是其柔美风格的一个重要构成因素，并且是发展变化的，由感叹少女夭折的悲痛到少女形象艺术化，废名在艺术中将美的东西保存下来，使之远离尘嚣，获得美的升华。

二、温柔和顺的母亲形象

废名小说的另一类重要的女性形象是母亲形象。包括《浣衣母》中的李妈、《柚子》中的姨妈、《半年》中的母亲、《竹林的故事》中三姑娘的母亲、《去乡》中的母亲，《桥》中的外祖母……

母亲形象几乎遍布废名每一篇小说之中，与前面论述的少女形象不同，这是一些成年女性，她们经历了太多的人世的磨砺与苦痛，不可能脱离现实的处境，但她们背负的母亲身份使她们对儿女慈爱、对逆境忍耐，给人温柔和顺的印象。

母亲们往往生活在悲哀的气氛之中，她们往往失夫或丧子，陷入孤苦无依之中，但恰恰是这种凄凉，证明母亲们柔弱背后的刚强——她们代替父亲，成为残缺家庭的核心，以勤劳与忍耐支撑着家庭，甚至一个家族，她们洗衣、种田、培育后代，受人尊敬，但是并不给人男性家长的那种强权与威慑的压力，母亲的身影所在，到处弥漫着温柔、慈爱的空气。母亲的形象是废名理想国另一类不可缺少的人物。

女性作为人类社会的主导，并不是废名的想象，而的确曾是人类社会发展的一个阶段。历史学与人类学已经证明，在人类的童年时代，人们集体居住，共同采集、狩猎食物，平均分配共同获取的有限的食物，过着原始的没有阶级和剥削的生活。到了旧石器时代晚期，人类进入母系氏族阶段，在长期的生产过程当中，由于妇女是原始农业和家畜饲养的发明者和主要劳动力，在生产、经济生活中和社会上，受到尊重，而且人们还没有完全理解女性繁衍后代的奥秘,使之神圣化、神秘化。从而女性取得了社会主导地位,社会组织建立在母系血缘关系的基础上。母系氏族仍然实行原始公社制度,平均分配劳动产品。

《庄子·盗跖》中描述了理想中的至德之世:"神农之世,卧则居居,起则于于。民知其母,不知其父,与麋鹿共处,耕而食,织而衣,无有相害之心。此至德之隆也。"可见,"至德之世"即母系社会,母亲的地位举足轻重,男性处于卑微地位,而老庄认为这样的社会形态最接近自然,也最接近"道",因而最合理。老子也是有"崇母"意识的。"母"在《道德经》中出现了七处,并以"母"称"道"。老子认为"母"孕育着一切生命的潜能,一切生命产生的根据都存在于"母"之中。他称"道"为"万物之母",主张"得其母""守其母",即固守生命之本。

在母系社会中,因为生产能力低下,人们满足于简单的、刚刚可以满足需要的衣食,因而没有剩余的财物可供争夺,社会没有贪婪、盗贼、伪善,宁静太平。废名小说中营造的就是现代社会背景下的母系社会。

李妈带着驼子姑娘在河边洗衣度日,自己也吃得少,并没感到穷的苦处,即使别人为了感谢李妈帮忙照看孩子而送给她的米和菜食,她也总是毫不吝惜地转赠给别人;《竹林的故事》中的三姑娘一家虽然艰苦,但卖菜从不斤斤计较,大方慷慨。总之,在废名的小说中,随处可见知名的和不知名的艰苦度日的孤儿寡母,她们相依为命、生活清贫、辛苦,有着淡淡的忧愁,但没有大悲大喜,生活得平安知足,俨然原始社会的再现。

但废名毕竟不能完全抛弃现实,他毕竟是在现代社会中编织他的美梦,因此,他笔下的母亲们也就有了"文明"的忧愁:李妈给驼子姑娘缠小脚;《桥》中的史家奶奶与小林的母亲心中藏着多年前的关于小林父亲、琴子父母的秘密;三姑娘的妈妈担心着女儿的未来;《半年》《病人》《去乡》中的母亲们有的思念远方的儿子,有的儿子归家,却又因为贫困无奈看他离去;有的不能接受儿子与媳妇的亲密;有的被生活折磨得如骷髅一般……这是一些真实的母亲,她们身上有着现实赋予的特征,使她们不能完全脱离现实社会,像少女们那样淳朴天真、一尘不染。

母亲们的苦恼的原因，就在于生活的经验使她们有了"心机"。这是不能避免的，关于过去的事情，关于生活的规则，母亲们因为知道得太多，懂得的太多，所以担忧、顾虑太多，于是有了打算、设计、比较，为了儿女，也为了自己，扰乱了自然天性。

老庄反复提倡顺乎自然的道理，反对任何违背淳朴原则的方式和智巧。尤其痛恨"文明人"在社会交往中的不健康心态："与接为构，日以心斗。"（《庄子·内篇·齐物论》）痛恨所谓文明对自然人性的伤害。但无论如何，柔弱而坚强沉默的母亲，成为废名小说诗意风景的主要元素，与轻灵飘逸的少女形象共同构成宁静柔美的境界。

第四节 废名小说中的"老人"与"聋哑人"形象

"老人"与"残疾人"在现实生活中无疑是另一类弱势群体。"老人"与"残疾人"不同于女性、孩童先天的柔弱，他们也许曾经是强壮的男子，是社会、家庭的支柱。身体的残疾、年龄的增长是不可抗拒的，逼迫他们退到社会的边缘，成为弱势群体的一员，曾经的经历使他们对人生有所参悟，远离了燥热的气氛，失去的某些东西，渐渐开始回归。从而使他们对待生活、对待人事有了超然的态度。"老人""残疾人"在废名小说中出现得并不多，但却相当引人注目。

《火神庙的和尚》中的金喜"已经是六十岁的和尚了"，而王四爹显然要年长他许多。在他们之间体现着人与人之间最温情、亲爱的一面。三十多年前，王四爹将流浪的金喜推荐到火神庙当和尚，当年金喜还是个赤脚癞头，一日要挑水二十四担的壮汉。至今金喜也不忘王四爹的恩情，每次见到王四爹，就会"小到同四爹的孙儿一般小了，嘴巴笑得可以塞下一个拳头"，金喜给王四爹的孙子吃发霉的五香糖豆（那是他自己不喜欢吃的），给王四爹买肉煨汤，为王四爹养猫，他自己生活清苦，却乐在其中，完全像一个孩子一样纯朴、天真，甚至有点可笑的孩子气。

王四爹是一个慈祥善良的老人，三十多年前他救助了金喜，三十多年间两人亲切和睦而又平淡地相处，对于金喜的感恩，他绝不让金喜空篮转头，"端午、中秋装些糯米粑；年节，粑不算，还要包一大把炒米。"王四爹还要操心小金喜的未来："年纪现在不小了，倘若有个不测，难道靠小宝报信不成？请个老头子做做伴儿。"王四爹真的像对孩儿一样关心金喜，两人之间没有任何利益的纠葛，有的是一片亲情。

废名笔下两位老人像孩子般单纯的心地，朴素的友谊，看似简单，在现实之中却又那么难以寻觅。废名崇拜儿童，将儿童视为人生最完美的境界，最令人向往的理想人性。在这些老人的身上，我们再一次强烈感受到了老子复归意识对废名的影响。

在《道德经》中，"复"见七次，"归"见五次，"复归"连用五次，表示复归之义的"反"（返）用四次。考察老子复归的主体，有的指"道"，如"反者道之动"（《道德经·第四十章》），有的指物，如"万物并作，吾以观复"（《道德经·第十六章》）。他所要归复的对象，则有"道""根""母""朴""婴儿""无极"等。如在《道德经·第十六章》说，"夫物芸芸，各复归其根。归根曰静，是谓复命"；《道德经·第二十八章》提出"复守其婴儿""复归其无极""复归于朴"；《道德经·第五十二章》提出"复守其母""复归于明"等。从老子所要复归的这些对象来看，"道""母""根"是生命的本源，"婴儿""朴""明"是生命的本初状态。所以，根据老子"反者道之动"及"大曰逝，逝曰远，远曰返"的循环理论，老子的所谓复归，主要指对生命的本源和本初状态的回归。

一个人走出童年时代，经历了成人世界的风雨之后，在他的老年会有何感想呢？是否会体悟到人生的真谛？当他再次退回到鼎沸社会的边缘，他将以何种方式、心态度过余年呢？老人像孩子，但他们的孩子气是一种升华，一种经历之后的体悟，一种参透人生的洒脱。

从三哑叔、陈聋子的名字来看，他们是非聋即哑之人，而实际上，他们只是"装聋作哑"。"聋""哑"都是"无声"，更添人生的静谧意境。三哑叔是个讨米的，十多岁的年纪讨米来到史家庄，只晓得吃饭，不说话，大家就叫他哑巴。"陈聋子,平常略去了陈字,只称'聋子'。他在陶家村打了十几年长工,轻易不见他说话,别人说话他偏肯听,大家都嫉妒似的这样叫他。"

他们有着相同的身份和来历——从一个孤单的流浪汉到忠实的长工,他们没有过去,没有拖累,干活吃饭,勤劳忠实,并得到充分的尊重与信赖。

废名用他理想的笔,描画出这两个人物,他是何等钦羡他们自由的生活,甚至羡慕他们曾经是流浪的人。早在《少年阮仁的失踪》中,他就流露出这种向往:"昨天上午,我下课回来,在那转弯的地方,茶馆门口,站着一个乞丐,头发蓬得像一球猪毛,穿的是一件破烂的蓝单衫褂,两条腿赤光光地显露出来。他站了一会,没有人招呼,门外悬挂的雀笼里一只画眉鸟唧唧地闹了起来;他把头摇了几摇,随即笑着大踏步走了。""我记得我小的时候,我的村庄东头露天睡着一个乞丐,他又聋又哑,年纪倒很轻,我的祖母把他抬进家里,叫他就在我家放牛……我相信,我饿了,一定可以想出法子有饭吃,我冻了,一定可以想出法子有衣穿,到底采用哪一种方法,即要到饿了冻了的时候再定。"

三哑叔和陈聋子的生活是世俗生活的最简单化,种田、卖菜、放牛、摘菱角……省略了世俗生活中的各种欲求:金钱、地位、权势、家庭……而满足于"饿来吃饭,冷来穿衣"的基本需求。表面上,他们贫穷而孤独,处于社会的最低的等级。实际上,他们在废名笔下颇有圣人风度。《道德经·第十二章》:"五色令人目盲,五音令人耳聋,五味令人口爽,驰骋畋猎令人心发狂,难得之货令人行妨。是以圣人为腹不为目,故去彼取此。"说明人的生理需求与人的无厌欲望不同,主张只满足生理需求,吃饱肚子,就可以了,不要放纵欲望。

生活上简单知足意味着内心的平静与柔和。对于人生,他们因为彻悟而淡定从容。废名是用一支欣赏赞美的笔,描画出这样的人物。他们的人生态度、生活方式、生活内容都是废名的理想。因此,三哑叔虽然不是《桥》的主要人物,却塑造得令人难忘,他对童年小林的影响是不可忽视的,陈聋子就是《菱荡》的主人公,陶家村因为他更添静谧超然之美。

"一日,太阳已下西山,青天罩着菱荡圩照样的绿,不同的颜色,坎上庙的白墙,坝下聋子一个人,他刚刚从家里上园来,挑了水桶夹了锄头,他要挑水浇一浇园里的青椒。……风吹得很凉快。水桶歇下畦径,荷锄沿畦走,眼睛看着一个一个的茄子。青椒已经有红的,不到眼前看不见。"(《菱荡》)

《道德经·第十六章》提出:"致虚极,守静笃。"意思是,要人们将后天的种种欲望、成见、心机等加以控制、调适、消解,因为这些东西往往将原来清净纯洁的人心骚乱起来,浑浊起来,邪恶起来。要老老实实地守住清静,去面对万事万物的变化运动,否则会遇到凶祸。这是一类超越世俗纷争与烦扰的人,他们孤身一人,不会为俗世所系,周围的人际关系单纯得几乎透明,他们也不会为此动用心机,而只关心牛儿、茄子、青椒的生长,满足于温饱,最多吸一支旱烟。

在现实中,他们有着与阿Q一样的社会地位,却不像阿Q那样为俗事所累,永远不会有后者那样关于姓氏、关于女人、关于发财、关于革命的光荣与苦恼。因此,颇有仙风道骨。但前提是,他们只能生活在像史家庄、陶家村这样的桃源之中,桃源以及他们自身都只是废名精心编制的美梦。

将三哑叔与陈聋子区别于平常人的,是他们的"聋"与"哑",除了他们两个人之外,在废名的小说中,我们还可以发现像《浣衣母》中的驼子姑娘、《河上柳》中的驼子妈妈,《莫须有先生传》中的瞎子算命先生,这些"残疾人"的形象。身体的残疾,使他们成为"弱"的代名词。但"柔弱胜刚强"(《道德经·三十六章》),他们往往能够超越于凡人之上,废名推崇的是他们的从容,他们的道德、精神超越了身体的局限。

形体是人的物质形式,从废名笔下的一系列形体残缺的人来看,他要突出表现的是他们精神的充盈、道德的周全。庄子在《德充符》《人间世》中,描述了一些外形残缺的人,如支离疏、王骀、申徒嘉、叔山无趾,都是被斩断了一只脚,恶人哀骀它和闉跂支离没有唇,但他们都是道德充实之人。

"鲁哀公问于仲尼曰：'卫有恶人焉，曰哀骀它。丈夫与之处者，思而不能去也；妇人见之，请于父母曰：'与为人妻，宁为夫子妾'者，十数而未止也。未尝有闻其唱者也，常和人而已矣。"（《庄子·内篇·德充符》）

庄子把道德的完善与形体的不健全做对比，强调形体健全并不代表道德的完善，而道德完善却可以弥补形体的残缺。道德高的人，别人就会忘掉他的身体缺陷。

"阐跂支离无脤说卫灵公，灵公说之，而视全人，其脰肩肩。甕盎大瘿说齐桓公，桓公悦之，而视全人：其脰肩肩。故德有所长而形有所忘。人不忘其所忘而忘其所不忘，此谓诚忘。"（《庄子·内篇·德充符》）

第五节　废名小说中的儿童世界

儿童时期或更早的婴儿时期是人生的最初阶段，这意味着人的思想在此时是一种完全的天然状态，对外部世界一无所知，他只是按照他的本性活动，完全没有形成社会要求的价值体系、知识体系。

但是告别童年的成人世界又是什么样的呢？成人虽然比儿童更强大，更有智慧与理性，同时也有更多的欲望、挣扎与苦恼，成人世界中的功利、欺诈甚至杀戮是儿童世界没有的，儿童世界是平静、真实、柔和的。一个个体从儿童走向成人，正如社会必然进化发展一样，是自然规律使然。但现实的经验告诉我们，这并不是一个完全乐观的趋势，个人的成长与社会的发展，是需要付出代价的，都有发展的负面结果，这一切与人们理想中的人生相差太远了。

"朴""婴儿"是老子哲学思想上的重要概念，在《道德经·第十五章》提出"敦兮，其若朴"；《道德经·第十九章》提出"见素抱朴"；《道德经·第二十八章》提出"复归于朴"，以及在第三十七章、第五十七章等处提到"朴"这一概念。这些"朴"字，一般可以解释为素朴、纯真、本初、纯正等意，是老子关于社会理想及个人素质最一般的表述。在《道德经·第十章》里有"专气致柔，能如婴儿乎？""婴儿"其实是"朴"这个概念的形象解说，只有婴儿才不会被世俗的功利宠辱所困扰，无私无欲、淳朴无邪。老子明确反对用仁、义、礼、智、信这些儒家的规范约束人、塑造人，反对用这些说教扭曲人的天性。

道家在肯定儿童的单纯、美好的同时，更进一步把婴儿或童年时代看作生命价值的最高体现，是人生最完美的境界，即儿童就是最完美的人。

在《道德经》中，老子经常讲"婴儿"。"婴儿"已经发展为一种人生哲学概念。婴儿是充满生机的，是圆满的象征。既是人的初始状态，也是人全面发展的象征。人生最重要的问题是如何维持好这一尺度，只要偏离这一形态，就是生命的夭折。

庄子继承与发展了老子的婴儿哲学，《庄子·内篇·齐物论》讲道："天下莫大于秋毫之末，而太山为小；莫寿于殇子，而彭祖为夭。""殇子"即夭折的婴儿，因为永远地保留了婴儿的状态而得到了圆满的人生，所以称为"寿"；彭祖虽然肉身长寿，却早早就不由自主地偏离了婴儿时期的圆满，所以称为"夭"。在《庄子·内篇·大宗师》中，所谓得到之后的真人，其特征之一就是"色如孺子"。

一、废名小说中的儿童与成人的视角交替

"儿童"在废名的小说中，可以说是无处不在。几乎每篇小说都是由成人与儿童两个世界构成的，这个如同沈从文的文学中存在城市与乡村两个世界一样。处处流露出废名对儿童世界的向往，对成人世界的无奈。

《柚子》回忆了我与表妹柚子在十岁以前的童年生活，那时的柚子快乐、天真、健康、无忧无虑，两个人一起游戏，爬山、折杜鹃、剪棕榈叶子……童年的柚子对家事一无所知，其实此时柚子已是家道中落，连房子都

典给了别人,所以和姨妈一起住在外祖母家,只是因为年幼无知,没有寄人篱下之感。随着年龄的增长,外祖母去世,柚子才意识到家境的窘迫、生离死别的人生苦痛,她需得替人缝补衣服,赡养被生活折磨得像骷髅一样的母亲,连件合身的衣服也没有。这使我们联想到鲁迅笔下的少年闰土与成年闰土的差别。儿童对现实充满着无知的隔膜,因此,他们眼中的世界是诗性的美好的世界。柚子感知到生活的苦痛与艰难,并不是世界变了,而是她离开了童年的庇护。

废名不止一次在小说中表达对童年的留恋。

"我大约四五岁的时候,看见门口树上的鸦鹊,便也想做个鸦鹊,要飞就飞,能够飞几高就飞几高——没有人能迫着我做别人吩咐的工作;除掉飞来飞去,飞得疲倦了,或是高兴起来了,要站在树枝上歌唱,没有谁能够迫着我叠下翅膀等候别人。"(《少年阮仁的失踪》)

这样的自由与快意,恐怕只有在四五岁的童年时代才能拥有,而与此相对的则是沉重冷漠的成人世界。即使梦想中令人向往的大学生活也同样令人失望。"在那里仍然只有痴呆地笑,仍然只有看着令人发抖的脸。我所喜欢的渴望的,一点也不给我,给我的仍然只是些没有人味的怪物。"阮仁看到的"痴呆的笑""令人发抖的脸""漠不相关的神气"。都是"没有人味的怪物"——成人的特征。

废名是寂寞的,他的文学也是寂寞的。他也害怕寂寞,"我想,倘若有一个人,就是一个也好,同我一样,心被火烧着,我将拥抱他,也不讲话,也不流泪,只把我俩的心紧紧贴着……"他的孤独感的一个重要原因就是他总是流连于童年的世界,不愿成人化。在他看来,成人意味着放弃自由、戴上面具,而这一切是一个成年人生存下去必须具备的能力。废名同阮仁一样梦想着永远停留在童年美好的时光。

但走向成人是必然,最终是事实,退回去是不可能的,没有人能够阻止这一过程。他唯一能做的就是在接受生理的成年的同时，把精神的异化降低到最小的程度，在精神世界留有童年时期人与世界、人与自然、人与自身的协调与澄明的美好状态。

废名的这一观念符合道家讲的"成也毁也"。他一直在思考的，一直在努力的是如何阻止这种内在的分裂，不使自己走向与自身完全不同的存在。在他看来，小孩总是想哭就哭、想笑就笑，每当看到小孩，他总像久热后下了一阵大雨，不知不觉清爽了好些。甚至从不关心世俗得失的街头流浪的乞丐、过着与世人隔膜的生活不问世事的又聋又哑的人、乡村的妇女等，因为相对于别人更少世俗的纷争，也被他认为是以儿童的方式生活着的"不成人之人"。因此，这些人成为废名小说中的主要人物。

儿童形象几乎存在于废名所有的小说中。《浣衣母》中的驼子姑娘、城里的太太们送来求李妈看护的"有事跑到沙滩，赤脚的，头上梳着牛角的，身上穿着彩衣的许许多多的小孩"、《桥》中童年的小林、琴子、细竹……共同构成了儿童的天堂，世外的桃源。

二、废名小说中童年与成年的时间跨度

"十年"是一个时间概念，通过细读文本，我们会发现它作为一个时间意象在文本中反复地出现。

《柚子》中，"我"回忆十年前与表妹柚子共度的快乐的童年生活，十年后重逢时柚子妹妹即将出嫁，姨父入狱，姨母病弱，家境凄凉。离别时，柚子妹妹走在泥泞的路上，留给"我"的是并不回顾的身影；《少年阮仁的失踪》中，废名写道："我将在大学里的一员时，我的十年来忘掉的稚梦，统行回复起来了。我的十年来被恶浊的空气裹得几乎要闷死的心，重新跳跃起来了。"由于废名小说大多具有自传的性质，并且这篇《少年阮仁的失踪》又是以书信体来完成，采用第一人称进行叙事的，我们可以推断他的自叙性质。尽管作家"……不一定都像郁达夫那样，觉得'文学作品都是作家的自叙传'这一句话是千真万确的，但其创作或多或少带有作家个人的影

子。"[1]《少年阮仁的失踪》创作于1923年，作者二十三岁，正在北京大学预科英文班读书，与阮仁的情况相符，他所留意的"十年前"，是十二三岁的年龄，这正是废名理解的童年与成人的界限。

《半年》中，"我"辞退了差事，决计住在家里，一次雨后，见到了"十年没有吃过然而想过的地母菇""十年来，每当雷雨天气，我是怎样地想"。"我"回忆小时在城外捡地母菇的情景，留恋的当然并不只是地母菇的美味，实际上是童年的无忧无虑。而十年来，过着成年人生活的"我"是黄瘦的、病态的。"我"最怕与世人应酬，每当此时，犹如被晒在刺目的太阳底下，总是急得想找个窟窿躲藏。半年的居家生活，使"我"仿佛又回到了童年，使日后回到北京的"我"时常羡慕。

《半年》中还提到一个"我"在半年中结识的一个十二三岁的小朋友。他不愿读书、不听话、贪玩、不懂生活的悲伤。"我"喜欢小朋友的率真、懵懂，不谙世事，又替他不能理解母亲的辛苦担心。当小朋友终于要为母亲买盐而放弃玩耍的天性时，我又是欣慰而悲哀的。在这个时常令"我"挂念的小朋友身上，体现了废名在儿童与成人之间的矛盾心态，对从儿童过渡到成人的无限留念与无可奈何。

《初恋》中，回忆"我"美好的童年时代，那里有令"我"暗恋的美好的银姐；天真快乐的时光、伴随"我"童年的慈爱的祖母。当"我"结婚后第一次还乡时，祖母已经去世，银姐已是一个嫂嫂模样的姐儿。这之间"已是十年的间隔了"。《鹧鸪》中，"我在都会地方住了近十年，每到乡间种田的季节，便想念起鹧鸪"，"十年"的都会生活是成人化的生活，念起鹧鸪也就念起在乡间度过的童年，如今"我"以成年人的身份回到故乡，物是人非，昔日的女孩子都成了插花敷粉的大人，柚子也不例外，使他感到一片空虚。

《去乡》中，"我"也用"十年"指代自己告别童年之后，在成人世界度过的时间，"我是一个孤儿，在这个世界上天天计算我的行止的，只有

---

[1] 陈平原.中国小说叙事模式的转变[M].北京：北京大学出版社，2003：87.

我的母亲,最近十年中,我挨着她住了七天……""十年当中,首先进入死亡之国的,是这位姐姐。"《竹林的故事》从开头就诉说着:"十二年前,菜园的主人是一个和气的汉子,叫老程。"当然,十二年前,三姑娘是一个害羞又爱笑的女孩子。在《桥》的上篇与下篇之间,废名写道:"在读者眼前,这同以前所写的只隔着一页的空白,这个空白代表了十年的光阴。"

在中国古代文学传统之中,经常出现"十年"的意象。其中透露的大多是一种不堪回首的寂寥与惆怅。如杜牧"十年一觉扬州梦",苏轼的"十年生死两茫茫",陆游的"俗态十年看烂熟",黄庭坚的"去国十年老尽少年心"等,"十年"在这里是一个虚化的时间概念,表明人生的恶性损耗。"十年"与"十年前"是两种完全不同的人生状况与境界。

三、废名小说中儿童与成人的隔阂与沟通

废名对儿童与成人世界之间的好恶是显而易见的。两者在小说中并存,使前者更加富于诗意,富于梦幻的色彩,使后者显得更加卑琐、更加冷酷,令人望而却步。废名在《竹林的故事》序言中说:"……我愿读者从他们当中理出我的哀愁。"[①]这淡淡的哀愁来自对成人世界的不如意。

《浣衣母》是废名最有代表性的诗化田园小说之一,颇有世外桃源的纯真质朴。李妈宽厚慈爱,俨然一位公共的母亲,受她恩惠的人也同样怀抱感恩之心。这里充满宁静与温柔的气氛,人与人之间充满着仁爱与宽容。这不免使我们联想到沈从文《边城》中的淳朴的民风,李妈仿佛就是撑船的老人,虽然有着不幸的命运,但幸运的是她的慈爱换来了众人的尊敬与爱戴。

应该指出的是,废名为李妈的家安排了一个特殊的位置:这茅屋连筑在沙滩上的一个土坡,背后是城墙,左是沙滩,右是通到城门的一条大路,前面流着包围县城的小河,河的两岸连着一座石桥。这里有水有树,夏天自然是最适宜的地方了,冬天又有太阳,老头子晒背,叫花子捉虱,无不在李妈门口。

---

① 废名.废名文集[M].北京:东方出版社,2000:13.

"桥"及其周围的地区,我们称为"桥场"。从平面上讲,"河"构成了境界的分隔,桥构成境界的联系。因此,"桥场"是两个世界及其象征之间的媒介、通路和中转场所。一般而言,"桥场"具有境界的两义性,它兼具双方而又中立,既不属于任何一方,又与双方保持着联系。[1]李妈的家就是"桥场",这里不仅是城市与乡村、城里人与乡下人交会的地方,而且是人性不同方面的交会之处。

随着一个年轻单身汉的到来,李妈神性光环笼罩下的生活结束了。谣言是由她曾经那样帮助、照顾过的王妈那里传出的,于是年老的婆子自然地聚成好多小堆,诧异、叹息,而又有点愉快地议论着,年轻的母亲不再让孩子去玩耍,姑娘也不再去洗衣。

李妈的以年轻汉子到来为分割的前后两种生活境遇,实际上是分别属于驼背姑娘与李妈的,即前者是儿童梦幻式的世界,后者是成人的现实世界。前面提到的他们母女共同度过的其乐融融的生活,真正体会到乐趣的其实只有驼子姑娘与那些可爱的小宝贝。驼背姑娘爱妈妈、爱唱歌、爱可爱的孩子都是真诚而发自内心的,她会因为看守衣篮儿而不能看孩子,现出不屑的神气。当河水涨发时,她相信哥哥回来是没问题的,但作为成年人的李妈就没有女儿那么单纯了。

李妈从一开始就是忧郁的,她不满足于自己的命运,她相信女孩有一双小脚就可以不用劳动。于是每天给女儿缠脚,使驼背姑娘痛得大哭不止。她怨恨酒鬼丈夫、埋怨不争气的儿子,当看到王妈做了奶奶时,她还寄希望于当兵的儿子可以恢复从前家里高大的瓦屋。她时常感到愤恨与惆怅,而且别人的恐怖会填充她的空虚,而使她感到满足。

李妈的不快乐是成人世界特有的,驼背姑娘是体会不到的。她生活在美好与和谐之中,然后在成年之前死去,这意味着她永远停留在了童年,停住了走向成年的脚步。

在废名看来,驼背姑娘肉体的夭折意味着人生的完满,而李妈活在世

---

[1] 周星.境界与象征:桥与民俗[M].上海:上海文艺出版社,1998:175.

上，却要体验舆论的中伤、生活的寂寞、精神的孤独……这样的人生越是漫长，越痛苦。这正是道家主张的"不成人之道"。这种成人世界与儿童世界的对照在《半年》《初恋》《鹧鸪》等作品中都有体现，特别值得一提的是《桃园》。

王老大与十三岁的女儿阿毛有一座桃园，桃园就是家，家就是桃园。父女俩本应过着平和安静的生活。可是，唯一的邻家竟是县衙门，县衙矮矮的照墙之外，就是杀场。桃园与县衙、杀场是两种场景、两个世界的对照，前者有的是桃林、绿荫、桃花、鲜桃、女孩阿毛，后者有的是县官、公堂、刑具、囚犯、杀人。

阿毛的世界是桃园，城里人从墙头摘桃子吃，阿毛不在乎，她在城墙上栽了一些牵牛花，花开的时候，就有许多女孩子跑来玩，兜了花回去。桃树就像小孩子，一棵棵都是她抱大的。都是有生命的。在阿毛的眼中，属于爸爸的世界是不可理解的，爸爸见到别人摘他的桃子会生气；爸爸当初为什么要同妈妈打架呢？半夜三更还要到街上去，家里喝了不算，还要到酒馆去喝！但妈妈明明知道爸爸在外面还没回来也不应该老早就把门关起来。如今，妈妈的坟就在城外山上漫山的坟堆里。儿童世界与成人世界的隔膜就是理想社会与现实社会之间的差距。

废名在《桃园》中写了阿毛与爸爸的隔膜，用了三个意象。

《桃园》多次提到"月亮"。

"天狗真个把日头吃了怎么办呢？阿毛看见天上的半个月亮了。天狗的日头，吃不掉的，到了这个时分格外地照彻她的天——这是说她的心儿。"

"秋天的天实在高哩！这个地方太空旷吗？不，阿毛睁大了的眼睛叫月亮装满了，连爸爸已经走到了园子的尽头她也没有理会。月亮这么早就出来了，有的时候清早也有月亮！"

"这时的月亮才真个明起来，就在桃树之上，屋子里也铺了一地。"

"王老大一门闩把月光都闩出去了。"

"半个月亮,却也对着大地倾盆而注,王老大的三间草房,今年盖了新黄稻草,比桃叶还要洗得清冷。桃叶要说是浮在一个大池子里,篱墙一下都湮过的!"

在中国文化里,月亮最基本的象征意义是母亲与女性。《礼记·礼器》中记载:"大明生于东,月生于西,此阴阳之分、夫妇之位也。"中国上古神话中的创世女神——女娲,同时也是月神。在汉代出土的墓葬砖画中,女娲、伏羲人首蛇身,伏羲手中常捧着太阳,而女娲手中常捧着月亮。这一形象暗示着这位"抟黄土以为人"的创世母亲实际上也是月神。[1]

阿毛的童年没有足够的母爱,那个徘徊在她心头,照彻她的眼睛与心儿、陪伴在她的夜晚的月亮是母亲的象征。月光代替母爱浸润阿毛的心灵,是那样静谧、和谐,但又虚幻而清冷、忧郁。阿毛在月光中睡了,王老大却一门闩把月光闩了出去。妈妈的死与王老大的酒瓶有关,王老大关心阿毛,却拿走了她最需要的东西。"窗孔里射进来月光。月亮居然会移动,他的酒瓶放在一角,居然会亮起来!王老大怒目而视。"此时的月亮被人格化了。

《桃园》中另外两个意象是"橘树"与"桃子"。

阿毛曾经想在桃园里栽橘树,"她的桃园倘若是种橘子才好,她曾经在一个人家的院子旁边走过,一棵大橘树露在院子外,——橘树的浓郁俨然就遮映了阿毛了!但小姑娘的眼睛里立刻又是一园的桃叶。"阿毛有这样的打算,其实是因为此时桃树已经开始落叶了,而橘树是一种常绿乔木,阿毛真正想要的是一个永远茂盛、永不凋落的桃园。王老大想到的只是可以吃、可以卖钱的橘子。

废名在几个小说中都将童年定在十二三岁之前,在民间风俗中,儿童往往在十二岁行成人之礼。《桥》中第一回的小男孩是十二岁;小林与琴子、奶奶相识是在十二岁;《柚子》中"我"与柚子童年记忆发生在十二岁之

---

[1] 傅道斌. 晚唐钟声:中国文学的原型批评[M]. 北京:北京大学出版社,2007:6.

前;《浣衣母》中的驼背姑娘从茅壁中走出来时是七八岁,成人之前就夭折了;《半年》中,寺庙邻家的小孩十二三岁;《竹林的故事》中的三姑娘是个十二三岁的姑娘……也是在十三岁时,父亲要废名去学徒,将来经商,但他没有听从。

阿毛在十三岁时生病了,这意味着她长大了,即将离开了童年的庇护,面对成人世界的不和谐,感觉到杀场的"杀气"、肉体的痛苦、生命的凋零,她有点"怕了"。她在病中要桃子,并不像王老大想的那样,是想吃桃子,她是想回到童年印象中茂盛的桃园。但人生如四季,春去秋来,又不像四季,因为人生没有四季的轮回,成长不可阻挡,人生是一段一去不返的路程。

王老大用代表他的全部生命的酒瓶换回来三个玻璃桃子,像梦想一样易碎。那个撞跌了玻璃桃子的孩子,也许恰恰是十二岁吧!阿毛的病、驼背姑娘的夭折都是一种拒绝承认、拒绝走向成人社会的象征,人真的能如道家哲学所期望的,永远停留在儿童世界吗?于是废名在他的文学世界中编织了梦幻的花环。

四、固守在儿时

《竹林的故事》是一个梦,废名也说过:"……现在还时常回顾他一下,简直是一个梦,我不知梦是如何做起,简直不可思议!这是我的杰作呵!我再不能写这样的杰作。"①《竹林的故事》何以被称为是梦呢?小说从三姑娘快乐的童年、慈爱的父母、一家人贫穷但又知足的生活写起。他们居住在远离尘嚣的自然怀抱之中,自然意味着未经雕琢,与人类的童年相应。"山城一条河,过河西走,坎脚下有一簇竹林,竹林里露出一重茅屋,茅屋两边是菜园。"

在三姑娘成长的过程中,有三次向社会化、成人化发展的机会,但她都拒绝或者躲开了。

爸爸的离开虽然使母女悲哀,但对死的恐惧与悲伤并没有太深地走进三

---

① 废名.废名文集[M].北京:东方出版社,2000:52.

姑娘的意识当中。

"然而这并非是长久的情形。母子都是那样的勤勉，家事的兴旺，正如这块小天地，春天来了，林里的竹子，院子里的菜，都一天天绿得可爱。老程的死却相反，一天比一天淡漠起来，只有鹞鹰在屋头打圈子，妈妈呼喊女儿道，'去，去看坛里放的鸡娃'，三姑娘才走到竹林那边，直到这里睡的是爸爸了。到后来，青草铺平了一切，连曾经有个爸爸这件事几乎也没有了。"

三姑娘仍然生活在单纯美好的童年世界里。

正二月间赛龙舟，女人们都到城里看热闹，但三姑娘无论母亲如何催促鼓励，都不愿去。这实际是三姑娘成人的第二个机会。母亲是希望女儿长大的，但在成人世界的喧闹与竹林的宁静之间，她还是留恋后者，三姑娘对母亲的依恋、关爱是她停留在童年世界的依据。

三姑娘依然保存着童年的质朴、纯真，她种菜、卖菜，并不像商人那样为了牟利，只要维持生活的需要就可以了。她的菜"隔夜不浸水，煮起来比别人的多，吃起来比别人的甜"，而且她从不与别人计较多少。在小说中，三姑娘卖菜和不愿去看龙舟的事，都发生在她十二三岁的时候，正是向成人过渡的时期，但在小说中，三姑娘的成长停止了。

几年以后，"我"再次回到故乡，远远地看到了已经嫁到别村的三姑娘，但只是看到她的身影，听到她的声音。既没有描绘她的模样，又没有写她说话的内容，虽然"我分明听到了"。小说的结尾写道：我虽然很想见到三姑娘，但我却面对河水，让三姑娘低头过去了。

废名没有写成人后的三姑娘，在他的记忆中，在许多人的记忆中，三姑娘就永远留在了童年。废名就这样编织了他的一个梦，一个静止在童年的梦。废名在《说梦》中说道："我有一个时候非常之爱黄昏，黄昏时分常是一个人出去走路，尤其喜欢在深巷子里走。《竹林的故事》最初想起《黄昏》为名，以希腊一位女诗人的话作卷首语——黄昏呵，你招回一切，光明的早晨所驱散的一切,你招回绵羊、招回山羊,招回小孩到母亲的旁边。"①废名的《黄昏》(《竹林的故事》)招回了什么呢?找回了童年的三姑娘,召唤着永远的童年。

废名另一个更加完美的梦,就是他的代表作《桥》。

《桥》与废名的其他小说相比有很大的不同。其中之一就是叙述方式的特别。叙述者总是以讲故事的方式在作品中出现,提醒读者,他是在讲述着一个故事,而且似乎也在暗示读者,他所感受到的、他所表现的并不与小说中人物的感受相同,也就是说,小说中的人物只是他构造的境界的一个组成部分而已。他是在按自己的想法构建一个新的世界。

在《芭茅》一节,他这样写道。

"这一群孩子走进芭茅巷,虽然人多,心头倒有点冷然,不过没有说出口,只各人笑闹突然停止了,眼光也彼此一瞥,因为他们的说话,笑,以及跑跳的声音,仿佛有谁替他们限定着,留在巷子里尽有余音,正同头上的一道青天一样,深深地牵引人的心灵,说狭窄吗?可是今天才觉得天是青的。同时芭茅也真绿,城墙上长的苔,丛丛的不知名的紫红花,也都在那里哑着不动——我写了这么多的字,他们是一瞬间的事,立刻在那石碑底下蹲着找名字了。"

这是一个属于儿童的世界,小说的开篇,小林已经十二岁了,正是在这个年龄他遇到了史家奶奶与琴子,并由史家奶奶保媒与琴子定亲。从他放学过桥去史家庄玩到黄昏回家,史家庄短短的一行,使小林与以往有了突然的不同,当他回家见到姐姐时,"仿佛是好久的一个分别。而在小林的生活上,这一刹那也的确立了一个大标杆,因为他心里的话并不直率地讲给姐姐听了。"

《桥》其实写的是成年后的小林,但他并没有使小林有丝毫的忧郁,如《桃园》中的阿毛,《半年》中的小孩一样,他仍然在继续他童年的生活,

---

① 废名.废名文集[M].北京:东方出版社,2000:54.

在祠堂的墙壁上涂抹那么多孩子气的字迹："程小林之水壶不要动""万寿宫丁丁响"……偷偷跑到万寿宫听铃、站在街角看天灯、先生出去的时候闹学、跑到家家坟吹喇叭、为了看牛吃草午饭也不吃……小林仍然是孩子气的小林。

《桥》的下篇写的是十年之后，小林已经不是"程小林之水壶"的那个小林了。他走了几千里的路回到家乡。"十年"告诉我们，小林是从另一个世界回来的，至于十年间他去了哪里，作者并不想提起，总之，那不是小林想要的生活——无非是成人化的世俗社会。即使下篇的人物小林、琴子、细竹都已经是成人，但三人在柳林、竹林、棕榈掩映下的史家庄仍然过着童年似的生活：夜晚看"鬼火"、赏桃花；在棕榈树下梳头；清明在河岸"打杨柳"；在闺房谈天、说笑……没有生计的负累，没有丝毫成人应该面对的繁忙与劳累，小林对细竹、琴子的爱，也没有产生冲突与猜忌。《桥》是废名的一个梦，是他的人生理想、社会理想，如果真的能够停留在童年该有多好？

"童年"在这里已经不再只是一个人肉体与精神成长的最初阶段，同时也是社会历史发展的最初阶段，意味着个体生命与人类社会未经雕琢的、最初的和谐与美满，是人生的黄金时期。在乡村与城市、艺术与现实、自然与人工的对立中，"儿童"无疑是前三者的同义词。在对儿童世界的向往与留恋中，废名在寻找、追求、建构他理想的社会、人生，在搭建走向圆满境界的桥。

老人、女子、小孩、聋哑人共同构成废名小说独特的人物谱系，他们也是废名充满阴柔之美的理想国构成的重要元素。这些人物共同的特点是安静、柔弱而刚强，保存着人类最完美的天性。以他们为主体的人群意味着人类社会的和平与安宁，相亲相爱。他们是一些被净化、被美化的现实人，流露出废名对人生深刻的忧虑与关怀。正如保罗·蒂里希（Paul Tillich）所说："要成为人，就意味着要有乌托邦，因为乌托邦植根于人的存在本身……因为它表现了人的本质，人生存的深层目的。"[①]

[①] 蒂里希.政治期望[M].徐钧光，译.成都：四川人民出版社，1989：229.

第六节 "圣人无名"与废名之名

废名曾在1926年4月写给别人的信中谈到自己的名字:"我的名字,算是我的父母对于我的遗产,而且善与认同,我的伙计们当中,已经被我发觉的,有四位是那两个字,大概都是'缺火'罢,至于'文',不消说是望岂能文。但我一点也不稀罕,几乎是一桩耻辱,出在口里怪不起劲。"①

1926年6月,他改名为"废名"。"从昨日起,我不要我那个名字,起一个名字,就叫'废名'。我在这四年以内,真是蜕了不少的壳,最近一年尤其蜕得古怪,我把昨天当个纪念日子罢。"②

这四年,按废名写作此文的时间推算应该是1923至1926年,这段时间,废名离开故乡黄梅,在北京读书。可想而知,年轻的废名是满怀壮志来到北京的,为此,他付出了艰苦的奋斗,此时他对人生充满美好的希望与遐想。但这时的中国社会正处在动荡之中,使他初到北京时满腔的热情颇受打击。一方面,儒家思想中的积极入世精神,对社会的责任感,使他像许多热血青年一样加入社会洪流;另一方面,现实中的冲突与挫折使他思考,怎样才是最合理的生活?人生真正的意义在哪里?是为了留名千古、建功立业、得到世人的称颂吗?他在等候并听从心灵的指引,开始走上属于自己的路。

他在这一时期的精神波动很明显地表现在文学创作中,有慷慨激烈的杂感《偏见》《公理》《从牙齿念到胡须》《狗记者》等,犹如一篇篇战斗檄文,言辞激越,政治倾向性很强。也有如《少年阮仁的失踪》《讲究的信封》《病人》一类表现他在社会理想遭受挫折之后,苦闷彷徨、不堪重负、努力寻找人生答案的小说。而且,最能代表废名人生社会理想与小说创作风格的诗化田园小说《浣衣母》《竹林的故事》均创作于这个时期,《桥》也是此时开始创作的。

---

① 废名.废名文集[M].北京:东方出版社,2000:38.
② 废名.废名文集[M].北京:东方出版社,2000:45.

这样看来，1923—1925年短短几年时间，是废名精神成长非常关键的时期，他的世界观以及创作风格在此时开始形成。

这一时期他也在努力找寻并确定了自己的精神导师。这是一个相互的选择与吸引过程，二者必然在精神气质上是默契、相通的，后者必定是废名的重要精神资源，有着他认可并崇拜的思想体系、处世哲学。初来北京，废名与胡适、鲁迅都有往来。据《废名年谱》记载，1924年1月7日，废名曾致信胡适称："适之先生，今天瞥到《努力周刊》出版的预告，真不知是怎样的欢喜。先生的健康不消说复原了。沉寂得要死的出版界，又听见一声霹雳。赶快从故纸堆里誊写了这一篇小说，表示我暗地里鼓劲罢。"[①]

在各种因素的共同作用下，废名对现实社会有意回避，关注暂时淡漠下去，创作中的现实因素越来越少，形成之后的静谧柔美的隐逸风格，完成由入世到出世的转化。

恰恰在此时，他要废掉自己的名字，这并不仅仅是因为他对"冯文炳"的不喜欢，而是因为他根本就不需要名字，不想让世人记住自己、注意自己，也不想历史记录自己。同时也不愿受到社会规范的束缚，去承受不能负担的责任，即使他参与到现实中去，也不会在乎任何外来的肯定或否定的评价。这背后暗含废名复杂的对社会、人生、文学的态度与抉择。

这个传统文化中"名"是文人的重要人生追求之一，"名"的获得意味着个体行为受到社会群体的伦理道德价值体系的认可。"名"的概念是由孔子提出来的，"君子疾没世而名不称焉"（《伯夷列传》），"君子去仁，恶乎成名"（《论语·里仁》）。"名"不仅是一个人的代号、名字或称呼，而且同时与名声、名誉相关联。在这里，孔子以他的方式解决了个体最大的痛苦——害怕死后被遗忘，与世间失去联系。因为，当时人们已经认识到长生不老是不可能的，所以只能求"虽死犹生"，虽然身体会离开人间，但人的精神、名誉、影响可能被记载、流传，代替肉体永留人间。就这样，

[①] 中国社会科学近化史研究所中华民国史研究室.胡适来往书信选［M］.香港：香港分局，1983：290.

孔子为中华民族设立了希望，也建立了一套道德律令，因为"名"的获得是需要个体的现世付出的。

孔子又提出："名不正，则言不顺；言不顺，则事不成；事不成，则礼乐不兴；礼乐不兴，则刑罚不中；刑罚不中，则民无所措手足。"（《论语·子路篇》）"故大德必得其位，必得其禄，必得其名，必得其寿。"（《礼记·中庸》）很显然"名"的获得，要求把个体的一切言行纳入君臣、父子、夫妇的伦理规范中去，从本质上说，是要求个体服从外在的伦理秩序，是活生生的人生与伦理节奏相符，为此，个体要付出自由甚至生命的代价。

但对个体来说，究竟是"名"更重要，还是存在本身更重要呢？对此，庄子在《逍遥游》中提出了"圣人无名"说。在庄子看来，人生的最高境界是被他称为"逍遥游"的自由境界，要保持个体的自由，就不能接受任何外在的"名"。在《庄子》一书中，多次对"名"进行批判，他认为"名"因为外在于个体，所以只是"物"，个体重名，就是"以物易其性"，就是"物于物"。

庄子也多次提出"名害身"，"名"使人"以身殉名"。在《庄子·内篇·应帝王》中提出"予方将与造物者为人，厌则又乘夫莽眇之鸟，以出六极之外，而游无何有之乡……""无名人"是可与造物主来往的圣人，即是"圣人无名"。

由此，庄子提出"圣人无名"，圣人不需要追求名声，对世俗荣辱毁誉，从来不当回事。所谓"且举世而誉之而不加劝，举世而非之而不加沮"（《庄子·内篇·逍遥游》）的独立人格。

在《庄子·外篇·天地》中，庄子又借抱瓮丈人之口评价"孔丘之徒"治天下是为求"名"，连自身都治理不好，何谈治天下？"子非夫博学以拟圣，於于以盖众，独弦哀歌以卖名声于天下乎？汝方将忘汝神气，堕汝形骸，而庶几乎！而身之不能治，而何暇治天下乎？"庄子认为"名"后于"实"（人的感性存在），个体存在本身才是第一性的，是重要的，不可代替的，在这个意义上"双臂重于天下""故天下大器也，而不以易生"。

(《庄子·杂篇·让王》)"名"只是外在于人的"物",但儒家建立了森严的伦理道德体系,把"名"当作人生的目的,使人忘记了一切社会文化活动的基础是感性的活生生的人,而人类一切创造与奋斗的最终目的是使"人"生活得幸福、自由、有尊严。"名"的存在、人们对"名"的热烈追求,显然是一种异化。庄子看出了这种异化与人类追求自由的终极目标的巨大矛盾。在这一点上,庄子哲学有着无法替代的真知灼见。

从小接受私塾教育的废名,思想上留有深刻的儒家思想的痕迹,他是愤世忧国的。但他实际上又是儒家思想的叛逆者。当初期的参与现实的热情过后,一方面他对现实的黑暗非常失望,另一方面向往自由的愿望难以抑制,在人生追求与文学风格上都表现出强烈的个性与追求独立、自由的倾向。废名对人生价值的判断并不以既定的社会伦理为标准——他对当时政府的黑暗统治不满,决不会趋炎附势,同时也并不想完全投入救亡运动中去。不想在世间留名,也不在乎伦理道德给予他的肯定或否定的评价。他决定低头做自己的事。无论做人,做文章,都按自己的意志,根据内在的价值标准,尊重听从生命本体的呼唤,而不是为了"留名""扬名"。他在杂文《呐喊》中说:"……我的悲哀或同情的对象,不一定是高者伟者,几乎都是卑者贱者,所以,我崇拜'杀身成仁,舍生取义'的文天祥,我犹眷念那忠实地自白着'本图宦达,不矜名节'的李密。"[①]

历史上还有这样一种真实——有的人是为了求名而"有为",这无疑是应该被鄙视的。也有人"有为"并不是为了"留名",而是一种责任感的作用,但这种道义、责任对个体生命而言,也是外物,这种无意中留下的"名",同样会破坏主体生命的自然和谐,这也是为道家否定的。

在这种思想的作用下,就有了废名极具个人风格并逐渐远离社会潮流的文学创作。他在《骆驼草》发刊词中表白道:"不谈国事,……在文艺方面、思想方面,或而至于讲闲话,玩古董,都是料不到的,笑骂由你笑骂,

---

① 废名.废名文集[M].北京:东方出版社,2000:7.

好文章我自为之，不好亦知其丑，如斯而已，如斯而已。"[①]这是废名在极其艰难痛苦的思索之后作出的抉择，作为社会的一分子，而且是有良知的知识分子，废名不可能对国家命运视而不见、漠不关心。只是当时处在革命低潮期，北平政治文化混乱，在废名和很多文化人的心中投下了阴影。一部分人失去了勇气和信心，废名就是其中之一。他自认为没有政治家的头脑与胆略，这使他想起一位老师的话。

"记不清正是在那里干什么，好像是预备来情书一束的，忽而收了什么刺激，很英雄，要投笔从戎，诚诚恳恳去请教于老师，老师婉劝道：希腊有一句名言，'知道你自己'。人大概是有所长，有所短，甲做甲的事情或许有点用处，若去做乙的事，未必于事有济。我俨然知道我是受了一大打击，冷清清地回去了。不过三天我就自己发笑，你这个东西中什么用，真是癞蛤蟆要垫床脚。同天鹅肉一样的不必想吃也。"[②]

一方面，尽管没有投身到现实斗争中去，废名还是觉得"人总应该做点事情才对"。他在文学中设计着未来理想社会的模型，一遍遍诉说自己的救世论，他的目光始终没有离开过现实，他也意识到自己的呼声是渺小而微弱的，也许也意识到自己的不合时宜以及所持有的理想的空泛。但静下来想，实实在在的生活、人生才是最有价值的东西，为什么会有纷争与抢夺，为什么会有邪恶与正义的区分？这都是被"物"所"役"的结果。人们为了土地、财产、权势、荣誉而忘记了人生的根本。当然，问题摆在眼前，是要一部分人挺身而出去解决的，以正义战胜邪恶，这些思想家、革命者就是沙漠里的骆驼，任重而道远。

另一方面，废名认为，并不是所有的人都能够担当起这样的时代重任

[①] 废名.废名文集[M].北京：东方出版社，2000：66.
[②] 废名.废名文集[M].北京：东方出版社，2000：79.

的，没有能力担当时代重任的人，也不应当就因此失去了做"国民一分子"的资格。因为他们是要为伟大的骆驼们提供养料的。冯至就这样解释了《骆驼草》刊名的由来。

> "骆驼在沙漠上行走，任重道远，有些人的工作也像骆驼那样辛苦，我们的力量薄弱，不能当骆驼，只能当沙漠地区生长的骆驼草，给过往的骆驼提供一些饮料。"[1]

《骆驼草》的命名者是废名，这意味着，他们这些文学者，如骆驼草一样，即使是有所为，也是无名的。废名后来写《莫须有先生传》《莫须有先生坐飞机以后》，实际上是自传。又将以自己为原型的主人公定名为"莫须有先生"。

> "莫须有先生，那么天下并没有这么个人，是你凭空杜撰的？可不是吗？我因为无聊，而且我们大家现在开办一个《骆驼草》，我得做文章，我想我最好是动手写我的《莫须有先生传》了。我好久就想替我的莫须有先生做一个传。这一说把人糊涂了，果真有这个人没有？你最好是不管许多，我说有说没有不是一样吗？只要我不骗你就是了。其实骗不骗也还是我的事，不干你事。"[2]

名字实在并不是重要的事情了。作传实际上是为了表白自己，为了使世人明白自己，废掉名字这个实体的代号，抖掉"名"的枷锁，废名展示的是一个真实的活生生的主体的人。

就在废名正式决定废掉名字的那篇《忘记了的日记中》，他展示的是一个不洁净的，但很真实的自己。废名甚至会鄙视看重名誉的人，一再表白

---

[1] 郭济坊.梦的真实与美：废名[M].石家庄：花山文艺出版社，1992：215.
[2] 废名.莫须有先生传[M].桂林：广西师范大学出版社，2003：7.

对"名"的不屑。在《骆驼草》创刊期间,他严正声明:"我也想来讲讲闲话,但'人格'担保,将来并不借此出一本书,或者流芳,或者遗臭,甚而书未成而名已传,与世界上的大文豪写在一块儿,那么,'人而无耻,胡不遄死!'"①

往往外来的评价带来的"荣誉""名声",会使人失掉自己,正如他感叹的"赚得全世界,空虚了自己"。他也曾为鲁迅苦恼于群众给的"先驱"与"落伍"的称号而惋惜。"汝安则为之"是他的行事公理:"比方有一桩事,要做了才爽快,我马上就去做,其义一;又如大家爱国,我却坐在书屋里抽烟卷,也不怕人家骂我冷血,其义二。"②实际上,这样的超脱离俗,废名是难以做到的,即使是庄子得到的也只是精神的逍遥游,痛苦的思考与选择是不可避免的。

"我又苦于太小心,时常激起我一种反感,自己嘲笑自己,人为什么这样的无聊呢?人生就让它是一个错误的堆积又算什么呢?然而我总是顾虑,顾全彼此的生活,因此,我懂得许多,对于因为生存而消失生命我不欲随便说话。人之所以异于禽兽者几希,但也就太大,克己复礼为仁,仁者人也。一切都基于一个人字。一个人里头自然有个己字。所谓文明盖亦自此。"③

这的确是一对矛盾,个体的生命、尊严、意志、自由是神圣的,理应得到尊重的,不容任何权威的否定与剥夺,这是人与生俱来的权利,也是人类发展的最终目的。但人不同于动物,一旦走向文明,有了善恶、美丑、正反之分,就不可能回到原始混沌的状态了。废名也一度像庄子一样构建自己的"至德之事",在《竹林的故事》《桥》中,很快就发现,他并不能对现实忘怀。这是他理解了中国的隐士:"中国的隐逸都不是消极,是积极。"而

---

① 废名.废名文集[M].北京:东方出版社,2000:70.
② 废名.废名文集[M].北京:东方出版社,2000:22.
③ 废名.莫须有先生传[M].桂林:广西师范大学出版社,2003:54.

他本身并不消极，也不是真正的隐逸。

自《莫须有先生传》之后，废名逐渐走出了庄子的世界，他作品中多有佛学色彩，禅宗对现实人生不是抛弃而是肯定的。废名习佛、参禅是与他在庄子那里没有找到精神出路有关的，因为庄子的绝尘而去、仙风道骨只是一种理想，表现在现实中就成了逃避。如庄子的"材与不材"的全身自保方式与人生观，往往沦落为避害趋利、自私自利的滑头主义。

"庄子行于山中，见大木，枝叶茂盛，伐木者止其旁而不取也；问其故，曰：'无所可用'。庄子曰：'此木以不材得终其天年'。夫子出于山，舍于故人之家，故人喜，命竖子杀雁而烹之。竖子请曰：'其一能鸣，其一不能鸣，请奚杀？'主人曰：'杀不能鸣者。'明日，弟子问于庄子曰：'昨日山中之木以不材得终其天年，今主人之雁以不材死。先生将何处？'庄子笑曰：'周将处乎材与不材之间。材与不材之间，似是而非也，故夫免乎累。'"《庄子·外篇·山木》

这使我们联想到周作人思想变化，也就是在这一点上，废名与他的老师走到了两条路上。废名尽管不看重，甚至鄙视、延误外加的"名"——无论此"名"来自社会的哪个阶层，哪个政治集团，却从未放弃对国家、社会、民众前途命运的关怀。在《莫须有先生坐飞机以后》中，他滔滔不绝地谈论战争、政府、知识分子、农民、教育等问题，并提出他的解决方案，他反对政治斗争、暴力战争，主张仁政、无为之治。虽然带有文学者的天真幼稚、想当然与理想化，但也能够证明他的说法：并不消极，并不避世。他对"名"的反感与漠视源于对外在规范、观念压抑主体生命的反感厌恶，摆脱"名利"的遮蔽，他才能听清心灵的真实呼唤，而他的爱国、爱民、忧国忧民正如同他热爱生命一样真实自然。

第二章　废名小说与禅宗

废名的隐逸并没有走到庄子式的极端——对现实彻底失望，闻不到一点人间烟尘的气息。一方面，他筑建着《桥》《竹林的故事》《菱荡》那样的世外桃源，以获得精神的慰藉，为未来人生树立了目标，并且，他亲身实践了远离时代旋涡、远离政治的隐逸生活；另一方面，他也认识到完全的逃避是不可能的，个人与现实生活怎能分离？梦虽然美，却是短暂的，总是要醒来的。一个活生生的血肉之躯，生活在现实之中，如何才能实现对种种束缚、生死、苦乐的超越，获得大自由呢？这正是废名在创作中表现禅宗思想的原因，也正是他后期小说《莫须有先生坐飞机以后》《莫须有先生传》风格与内容大变的原因。莫须有先生不再是《桥》中的"仙人"，彻底回到吃饭睡觉、柴米油盐的人间，他要在无法摆脱的现实中寻找到超脱的方式。因此，道家思想在《桥》时期占了上风，禅宗在"莫须有先生"时期占了上风。

道家与禅宗本来就有血缘关系。禅宗哲学思想和美学思想多来自老庄。范文澜先生说："禅宗是披着天竺式袈裟的魏晋玄学。释迦其表，老庄（主要是庄周）思想其实，禅宗思想是魏晋玄学的再现，至少是受玄学的甚深影响。……禅宗顿教，慧能是创始人，他的始祖实际上是庄周。禅宗南宗的本质是庄周思想。"[①]庄禅的关系的确异乎寻常的密切，在中国思想史上，通常将庄学与禅宗并称为"庄禅"，禅宗中最动人的拈花微笑，也可能源于庄子《大宗师》中的"相视而笑"，禅宗讲"不立文字"，也与庄子的"得意

---

① 范文澜.中国通史[M].北京：人民出版社，2004：131.

忘言"思想相通。"《庄子》内篇中的思想与后来佛教禅宗的产生有关系，它在中国文艺发展上更产生了重要的影响……以庄禅为代表，追求理想人格和人生境界的本体论哲学，构成了中国思想发展中的另一个重要方面。"[①]庄子与禅宗思想在废名创作的共存是自然的。

庄子哲学与禅宗思想最主要的共同之处是两者都具有强烈的超越意识，即超越是非、善恶、物我、生死、苦乐的纠缠，使心获得高度的解脱和自由。但从哲学思想上看，禅宗哲学虽发扬了道家精神，却不是道家哲学的翻版，也不是简单地给道家哲学披上了一件佛学外衣。它是将佛学精华融入道家哲学，建立起了既有道家特点，又不同于道家哲学的独立的禅学思想体系。[②]

庄子是否定现实生活的，他要做一个傲世独立的逍遥者，要超越现实的物质生活，超越一般凡人，做一个"圣人""神人""真人""至人"，这样的人对现实的一切无所求。

禅宗却是重视现实生活的，没有因为追求超越而否定现实生活，相反它主张将超越寓于现实生活中。事实上，在中国佛教发展史上，所有的佛学宗派中，真正施大影响于中国文化的，也就是这种以公案接机、唱评棒喝的南禅（发展成熟的禅宗）。[③]禅宗能被接受而且繁荣，"不离现实的超越"是其重要原因，也是为废名接受的原因。

第一节 从故乡黄梅说起

对废名和他的创作感兴趣的人，都会注意到佛学思想在其生活及创作中的存在。谈废名就不能不谈佛教。废名不仅阅读过大量的佛学经典，还撰写了佛学专著《阿赖耶识论》。在打坐修炼上，他也达到了一定的境界。

废名对禅宗的接受乃至于迷恋，要从他的家乡——湖北黄梅说起。唐代

[①] 李泽厚.中国思想史论［M］.合肥：安徽文艺出版社，1999：182.
[②] 张玉英.禅与艺术［M］.杭州：浙江人民出版社，1997：3.
[③] 顾伟康.禅宗：文化交融与历史选择［M］.上海：知识出版社，1990：6.

的时候，禅宗四祖道信在湖北黄梅西北三十里的破头山宣明大法，麾下有学生五百余人，三十余年来，"诸州学道，无远不至"。接着五祖弘忍又在破头山以东的冯墓山开法，史称"东山法门"，受学者七百多人，二十余年间"道法受学者，天下十八九"。经过半个多世纪的发展，黄梅成为当时中国的禅法中心。

湖北省黄梅县是废名的故乡，黄梅县从隋唐开始，就成为佛教兴盛的地方。黄梅县城附近，东山寺、五祖寺、东禅寺这些佛教圣地至今仍然香火不断。在17岁去武昌求学之前，废名在这种浓厚的禅宗文化氛围中整整生活了17年。黄梅生活给废名留下了深刻的记忆。废名从小对黄梅的禅宗圣地向往之至："五祖寺是我小时候所想去的地方，在大人从四祖、五祖带了喇叭、木鱼给我们的时候，幼稚的心灵，四祖寺、五祖寺真是心向往之。"[①]对此，废名在40年后，用《五祖寺》一文表达了他对禅宗文化的向往。他清楚地回忆外祖母第一次带着他去五祖寺进香还愿时的情景。这种对禅宗文化的生动、感性认识与鲜活的情感，为废名以后对禅宗思想的深入探索打下了坚实的基础。

第二节　"我"即是"佛"
——肯定个体存在的价值与意义

"他（庄子）基本上是从人的个体的角度来执行这种评判的。关心的不是伦理、政治问题，而是个体存在的身（生命）心（精神）问题，才是庄子思想的实质。"[②]庄子与老子大不同的地方就在于他突出了个体的存在，突出了个体生命价值的尊贵，而与个体生命对立的一切，包括伦理、仁义……都被划分到"物"的一类，而被庄子否定。

[①] 冯文炳.冯文炳文选[M].北京：人民文学出版社，1985：65.
[②] 李泽厚.中国思想史论[M].合肥：安徽文艺出版社，1999：185.

"故尝试论：自三代以下者，天下莫不以物易其性矣！小人则以身殉利；士则以身殉名；大夫则以身殉家；圣人则以身殉天下。故此数子者，事业不同，名声异号，其于伤性以身殉身，一也。"（《庄子·外篇·骈拇》）

"伯夷死名于首阳之下，盗跖死利于东陵之上，二人者，所死不同，其于残生伤性均也。"（《庄子·外篇·骈拇》）

"今世俗之君子，多危身弃生以殉物，岂不悲哉！"（《庄子·杂篇·让王》）

"一受其成形，不忘以待尽。与物相刃相靡，其行尽如驰而莫之能止，不亦悲乎！终身役役而不见其成功，苶然疲役而不知其所归，可不哀邪！人谓之不死，奚益！其形化，其心与之然，可不谓大哀乎？人之生也，固若是芒乎？"（《庄子·内篇·齐物论》）

从"大夫"到"小人"，从"盗跖"到"圣贤"，都被不同的外物役使着，或成名，或为利，或为家族，或为国事，但他们在为外物伤害了自己的身体、生命这一点上是相同的，是同样可悲的。庄子认为，种种身外之物，不管是名利财产，还是仁义道德，都是没有价值、没有意义的，只有生命是实实在在的。

珍爱生命是人的本性，"禅宗作为中国化最彻底的一个佛教宗派，它与传统佛教不同的一个显著特征就是顺应人的这一生命本性，重视生命、珍惜生命"[①]。

在传统佛学看来，成佛（达到超脱烦恼与痛苦，超越生死流转的人生解脱）的过程是一个我向佛回归的过程。在起点上，我不是佛；我在碌碌尘世，佛在天国净土；我在轮回之中，是暂时的、瞬间的，佛于轮回之外，是永恒的、无尽的……"我"与佛不可相提并论；我要匍匐在佛的脚下。造成这些差别的原因是迷于虚幻的世界，只有看破这世界，把我与世界割离开，

[①] 李霞.圆融之思：儒道佛及其关系研究[M].合肥：安徽大学出版社，2005：308.

我才能成佛。"世界""我""佛"是对立的三极，其中世界是虚幻的，"佛"是客观的追求目的，我是追求的主体。而禅宗主张"世界"即"佛"即"我"——从一开始，我就是佛，三者是统一的。世界的真谛，宇宙的秘密就在"我"的心中，外在的世界变成内在的生命宇宙，把握了我，就把握了佛。因此对"我"不用做任何斧凿，成佛也不必等到来世。正是从这个意义上，旧论往往认为庄禅是一家，其密切关系往往甚于老庄之间。

《坛经》被称为"理解禅宗的钥匙"，几乎整本都充满了"自"字。

在废名的小说中，有多次提到过寺庙、僧人、和尚，但这些修行者并不是在晨钟暮鼓中身如槁木，心似死灰，也并不是陪伴着几尊泥塑、几炷残香坐禅持戒，形影相吊，他们往往寄情山水、挥洒自然、超然世外。

《半年》中，"我"在城南鸡鸣寺养病，来这里烧香的人很多，"至于和尚，则素来不以修行著称……"火神庙的和尚金喜除了每天四次进香，就没有别的修行了，与平常人一样过着种田、吃饭、睡觉的生活。依着自己的性情、好恶，有爱、有恨，从不考虑到"佛"的想法。即使他每天必进的四炷香也多少有点滑稽可笑。

> 金喜自己每天也要进四炷香。第一次是贡水给菩萨洗脸；第二次、三次，早午贡饭；最后一次，便是现在这黄昏时分，请菩萨睡觉。像这六月炎天，皂布道袍，袖子拖到地下，也一个个扣子扣好；袜却不穿，因为师父曾经教过他，赤脚可以见佛。有时正在作揖，邻家的婆子从门口喊道："师父！我的鸡窜到你的菜园没有……？"金喜好像没听见似的，跪了又爬起来，爬起来又跪；脱下袍子，才生气地啐她一顿，"进香也比别的！打岔！"

在《桥·沙滩》中，琴子在沙滩与一尼姑相遇，尼姑讲述的故事是颇有深意的。那是一个老汉在暮年寻找他的"真心人"的故事。表面上，这是一个关于男人和女人的故事，但它的背景是庵堂，因而显得肃穆起来。老汉年轻时看重外表，赶走了真心爱他的丑妻，垂暮之年，方知"体面"如过眼云烟,是梦是幻,唯有真心最可贵。"真星不恼白日,真心是松柏常青,世上唯有真字好。"从此两位老人一处修行。他们悟到了"真",也就达到了解脱成佛的境地。

离开这个故事的表象,所谓"体面"不仅指人的外貌,也指众多被人们看重的身外之物,如财富、权力。在废名的小说中,有着禅宗思想的深刻印记,这里没有彼岸世界的"佛",只有"修心以成佛"的凡人。庄禅对个体生命价值的高扬,与在中国社会占主导的以"仁"为核心的思路是矛盾的。后者以"忠""孝"的神圣化,将人由自然本体变为伦理本体,将个体的价值泯灭于群体、等级的利益,使个体生命变得苍白无力、微乎其微,可以被漠视,甚至随时被奉献或摧毁。废名个体意识的苏醒从他幼年时代就已经开始了。如前所述,幼年身体的多病,使他更关注自己的内心世界,对生死问题有着特殊的理解,格外地珍视、尊重个体生命。废名在他的创作中表现出来的对个体生命的尊重,主要分为以下三个方面,分别是对个体存在自由的坚持、肯定个体生命的意义、反对战争的思想。

第三节 "佛法在世间,不离世间觉"

既然佛性只有在个体的内部去寻找,那么人的形体存在是成佛的保障。因此,禅宗非常重视人的现实生活,不主张以苦修的形式损害身体,主张顺应人的生理欲求,饥来则食,渴来则饮,热来打扇,冷来加衣,肯定个体的现世生活,日常生活,具有高扬生命的格调。

"严格地说,慧能才是禅宗的真正创始人。"[1]他提出"佛法在世间,不离世间觉""离世觅菩提,恰如求兔角"。他逐渐改变了中国佛教其他宗派的出家观念,不仅不鼓励出家,而且主张过世俗生活。在禅宗看来,无论在家还是出家,对人心的觉悟与人性的解脱并不重要。"若欲修行,在家也得,不由在寺。在家能行,如东方人心善;在寺不修,如西方人心恶。但心

---

[1] 李霞.圆融之思:儒道佛及其关系研究[M].合肥:安徽大学出版社,2005:294.

清净，即是自性西方。"

在《莫须有先生坐飞机以后》中，废名竟然回忆《文公庙》里的塾师和和尚，"两个鳏夫，该是怎样的变态人物"。可见他也认为，修行与出家没有必然的联系。

《桥·碑》中，小林在跑马场偶遇一个出家人，是关帝庙的和尚，这个和尚曾经是个戏子，会扮关云长，流落到关帝庙当和尚，"在庙里便时常望着关公的通红的脸发笑"，他对庙里的偶像并没有敬畏，曾经"我即是他"，并且"靠菩萨吃饭"已经十几年了。

慧能将传统的修行改造成天真自然的生活方式，认为现实自然的生活方式是合乎人的自然本性的，没有修饰改造的必要，成佛的关键是对本真心性的觉悟，而非对现实生活方式的改造和自然人性的束缚。

因此，当废名清醒地意识到《桥》的梦虽美，却不会实现，庄子式的解脱只能是含泪的笑的时候，他在禅宗思想中找到了不离现实的解脱途径。于是，就有了从《桥》到《莫须有先生传》的风格的转变。

《莫须有先生传》发表于1930年，莫须有先生出城，要寻找的是人生的解脱和自由。很显然，废名此时已经不避讳现实生活的平庸与琐碎了，与太美好的《桥》相比，更接近于现实。莫须有先生乃一大凡人，他下乡的原因是"乡下比城里贱得多"，一路上他骑在驴背上，把一个闹钟抱在怀里，生怕打破了；既怕被驴汉抢劫，又想象着路遇花轿中的新娘好不好看。莫须有先生与他的房东太太在花园里相遇时，房东太太正在杏树底下解小溲。莫须有先生"蹲在两块石砖之上，悠然见南山"，大发感想……尽管，小说写的是废名的隐居生活，在一定程度上脱离了社会的政治现实，却将生活的细节尽收笔底，不再不食人间烟火。

禅宗正是主张通过对现实人生进行切实的体验和感受，洞见人生的究竟，而悟道成佛，解脱、自由是不需要任何特殊环境、特殊方式的，在平平常常的生活中，就可以随时觉悟，随时解脱。

《莫须有先生传》里的"禅"，已接近慧能之后，马祖道一和石头希迁一路了，进一步强调"平常心是道""行住坐卧皆道场""劈柴担水，无非妙道"。

这样一来，《莫须有先生传》的古怪风格就可以理解了。一方面，他记录着吃喝穿住的琐碎，乡下女人的计较、饶舌；另一方面，又伴随着令人费解的长篇大论，似乎前言不搭后语，后者正是对日常生活的参悟。而且，两者语言风格也不相同，记录日常生活的语言直白、戏谑，而书写感想的后者就因为半文半白而令人不易捉摸了。

《莫须有先生传》中，莫须有先生在房东太太房中见到了一面镜子，于是自言自语作如下感想。

"我且就正于高明，我常独自徘徊，我如一绝代佳人，总怅惘于丧失一面镜子，其不能遣诸怀盖不下于丧天下之可原谅。因为我不知道规矩。原来那时我是打算披发入山也。我其以佛龛的玻璃证明我的红颜乎。我其晚节不终乎。尼姑思凡乎。拳拳于打扮之情，则修行人正是一个入世之士也。鸟兽不可与同群也，吾非斯人之徒而谁与。第一步还是恋爱的好。"

这是莫须有先生由生活中的平常物品——镜子，而产生的"顿悟"。"镜子"即"明镜"与神秀《大乘五方便》中"净心体犹如明镜，从开始以来，虽现万象，不曾染著"相合。"明镜"是成佛的象征。寻找"明镜"，就是对佛性的追求。但"身是菩提树，心如明镜台，明镜本清静，何处染尘埃"（慧能《菩提偈》）。因此，"佛性"不用外求，根本就没有一个外在于"我"的世界，"我"就是"世界"，"我"就是"佛"。所以，"总怅惘于丧失一面镜子"是"我不知道规矩"的原因。

在这里，废名接着否定了出家修行的方式，认为"修行人正是一个入世之士也"，这里的"入世"指的是"平常心是道"，成佛其实无道可修，一切只要任其自然，吃饭穿衣，担水劈柴，甚至置大小便时，也不妨碍成佛，更何况恋爱呢？"只要保护好自己，乃至一切事物的本来面目，便是成佛境界，这就是南禅的成佛途径。"①

禅宗思想通过对现实生活的肯定，肯定了人生的此岸性。使废名找到了在现实中得到解脱的途径，毕竟他不是餐风饮露的仙人。于是，在"入世"与"出世"之间，他来去自由了。像这样表现在现实参悟人生的场面，在《莫须有先生传》中比比皆是。但莫须有先生仍然说："今日之事，投身饲虎，一苇渡江，完全是精神上的问题。"

这种日常生活化，在《莫须有先生坐飞机以后》中就更加明显了。毕竟《莫须有先生传》中的莫须有先生仍是一个出世之人，更多生活在精神世界之中，少了许多人间烟火气。《莫须有先生坐飞机以后》是废名在黄梅避难生活的记录，只是写在"坐飞机以后"。其内容比《莫须有先生传》更加生活化。而废名此时的修行也达到了前所未有的高度。有趣的是，为了达到禅宗自然而无造作的境界，《莫须有先生坐飞机以后》一改以往晦涩的语言风格，尽量表达得明白，往往在一句话说完以后，紧跟一个"即是"或"即是说"，如"中国人只是少数爱国，即是统治阶级爱国，大多数的农民无有不爱国的了。"

"莫须有先生说这话时，可谓完全无对象，即使他自己也不知道他是向谁说的，只是随口说话罢了。"像这样的说明随处可见。

《莫须有先生坐飞机以后》是从莫须有先生全家避难黄梅开始的，而一开始就着手于解决住房、穿衣、吃饭的问题，考虑着"短期内不作归家之计了，好好地在乡间当小学教员，把孩子养大教大"。他们讨论着白糖的价格，王老爹一家的生活，砌灶的价钱，房屋的位置，铁锅的来源，用水、烧柴的问题，乃至一个舀水用的葫芦瓢的故事，这是柴米油盐、养儿育女，不厌其烦。与他以往不食人间烟火的诗化小说相比，真是天壤之别。

"莫须有先生这一问时，心里在那里推想，一个灶的工程总不过一个工吧？县城里的工资是三毛钱一个工，乡下当比较低。所以

---

① 顾伟康.禅宗：文化的交融与历史选择[M].北京：知识出版社，1990：126.

他毫不胆怯，他必然可以兑现的。顺答道：'这个我还不清楚，等砌匠做了以后再问他，工是二角五一个工，打灶不点工，是算工算的，两口锅怕要算三个工。'"

可见，"莫须有先生是不厌日常生活的人""有许多功利主义简直说莫须有先生对于日常生活有能干"，但莫须有先生只是以平常心过着最自然、最平凡、普通的生活而已，而所谓能干，即是"谨慎、有结算、节用、不借债"。这是莫须有先生做不到的，他最怕"贪得生活"而失掉修行的意义。正如大珠慧海神禅师说自己的解脱境界是"饥来吃饭，困来打眠"，而同样吃饭睡觉，若"百种需索""千般计较"就无法解脱。

因此，莫须有先生津津乐道于柴米油盐，这既是生活不可缺少的内容，也是莫须有先生精神修行的形式，等待着在日常经验中自然"悟道"，所谓"悟道"就是"个体对人生谜，生死关的参悟。"[①]

《莫须有先生坐飞机以后》除了是废名避难生活的记录以外，更重要的是他真实的思想记录，他一改以往的"理想派"风格，而大谈国难、家族文化、国语、佛教、教育，这才是真正的废名，他真实地表现出一个知识分子对家国命运的关切。但这与他的向佛并不矛盾，因为禅宗主张的正式做真实的自己。刻意地躲避不正是违背了"真心"吗？

第四节　自由不能只在梦境

儒家学说的"仁"，强调社会上下左右、尊卑长幼之间的秩序，对个体提出社会义务和要求。孟子说："无父无君是禽兽也。"（《孟子·滕文公章句下》）离开了父母兄弟、君臣上下的社会关系、社会义务，人将等同于禽兽。因此，"志士仁人，无求生以害仁，有杀身以成仁"（《论语·卫灵公》）。当然，儒家学说是有其产生的背景与合理性的，但一旦走向极端，

[①] 李泽厚.中国思想史论［M］.合肥：安徽文艺出版社，1999：126.

就与其初衷背道而驰了。

在废名的创作中，随处可见他对个体存在的看重，创作初期，也就是他的青年时代，在个体与国家、家族之间，他很有一番痛苦的选择。《讲究的信封》中的仲凝，为了国家的前途走上街头向政府示威游行，为了家族的利益要向官僚乞求工作，但这两者都使他感到痛苦：请愿学生的挨打有意义吗？理智也告诉他向别人乞求工作是一种耻辱，几乎像做贼一样。可是于国，他不是有尽忠的义务吗？于家，他没有供养的责任吗？那么，他还将有一个自由、自尊的自己吗？

于是，《少年阮仁的失踪》中的阮仁，选择了逃离、出走。由于对现实的失望、对自由的渴望，他急迫地要抖落枷锁，置"忠孝"于不顾了。他最羡慕流浪汉的生活，也许他们缺衣少食，却有自己、有自由。

"昨天上课，我下课回来，在那转弯地方茶馆门口站着一个乞丐，头发蓬得像一球猪毛，穿的是一件破烂的蓝单褂，两条腿赤光光地显露出来。他站了一会儿没有人招呼，门角悬挂的雀笼里的一只画眉鸟却唧唧地闹了起来；他把头摇了几摇，随即笑着大踏步走了。"

庄子否认人的社会性存在，逍遥者乃弃世绝尘之人。阮仁出走，抛下了父母、妻子，"就是我平素最思慕的家庭，也打算不给他们见一面"。家人的关爱，只能令他感到害怕。当然，阮仁的出走行为，也许只是在废名脑海中一闪而过的一个念头而已，他没有将之付诸实际，因为以别人的痛苦、劳累换取自己的自由，就是走向另一个极端。

但被现实的种种包围着，确实令人窒息，"……悲哀啊，为人而悲哀啊。我的肩膀是无力的；那担子，那别人的笑颜，别人的话声，都一分一秒地来增加重量的担子是不知何时止的。有一日，我将从梦里向你哭，说我已经死了，我压不过倒在地上死了，那么，我也许清凉罢"[①]。在《去乡》

---

① 废名.废名文集[M].北京：东方出版社，2002：3.

《半年》中，"我"一方面念家，另一方面以"家"为束缚，最终还是出走。《庄子·杂篇·列御寇》中记载："巧者劳而知者忧，无能者无所求，饱食而敖游，泛若不系之舟，虚而敖游者也。"废名此时不也正在向往着如"不系之舟"一般的形体和精神的自由吗？

正是由于这样强烈的对个体自由的向往，1930年，在《骆驼草》发刊词中，他宣布"不谈国事""在文艺与思想方面，或而至于讲闲话、玩古董，都是料不到的，笑骂由你笑骂，好文章我自为之"。但事实证明，尽管已经宣布不谈国事，废名却并没有做到，紧接着的《中国自由运动大同盟宣言》便是证明。而且在《莫须有先生传》《莫须有先生坐飞机以后》中，莫须有先生则大谈国事。

"但从理论上说，意识到人作为血肉之躯的存在与作为某一群体（家、国……）的社会的存在，与作为某种目的（名、利……）的手段存在之间的矛盾与冲突，却是古代思想史上一个重要的发现。"[①]想要与同自身有着千丝万缕联系的现实社会相脱离，实际上是不可能的，于是自由只能在精神世界中获得。才有了像《桥》《菱荡》一样个体得以自由美好生活的境界。

《莫须有先生传》讲的也是这个道理。莫须有先生出城，立志过隐居的生活，他与家事、国事都隔离了，但在出城的途中，他目睹战争、征兵给人带来的困苦灾难，在乡下他亲历如三脚猫太太一样的功利之人、乡下女人的吵闹……莫须有先生也经常困惑于没有钱。现实环境躲避不了，找一片树荫也并不容易，于是莫须有先生参禅悟道，在日常生活中获得精神的解脱。"人生正是一个必然，是一个修行的途径，是一个达到自由的途径。"[②]他终于参悟到："西方的格言：'不自由，毋宁死！'莫须有先生笑其无是处。世界的意义根本上等于地狱，大家都是来受罪的，你从哪里去接受自由呢？谁又能给你自由呢？唯有你觉悟到你是受罪，那时你才得到自由了……人类的圣哲正是自己的拯救者，自己解放然后有真正的自由……"[③]

[①] 李泽厚.中国思想史论［M］.合肥：安徽文艺出版社，1999：186.
[②] 废名.莫须有先生传［M］.桂林：广西师范大学出版社，2003：36.
[③] 废名.莫须有先生传［M］.桂林：广西师范大学出版社，2003：163.

第三章　废名小说与儒家文化

废名为人为文的隐逸风格是显而易见的，但他实际上并没有放弃对时代、历史、社会的责任，最终还是从庄周式大自由的精神境界中回到了现实，一改以往的远离政治、不谈国事的作风，在《莫须有先生坐飞机以后》中用心良苦地讨论中国强国之策。其中莫须有先生习禅论道以及废名著佛学专著《阿赖耶识论》也都是在现实中有感而发，并对现实有有针对，不再是空中楼阁。

在《莫须有先生坐飞机以后》之前，废名的小说一直都表明，他实际一直在"自救"——努力超越现实的苦闷，先是建筑竹林、莲叶掩映的乌托邦，接着如莫须有先生一样参禅。而《莫须有先生坐飞机以后》则是他悟道自救后的"救世"之言："本人向来只谈个人私事，不谈国家大事，今日坐飞机以后乃觉得话不说不明，话总要人说，幸国人勿河汉斯言。"[①]

在《莫须有先生坐飞机以后》中，废名表明了他的救国论。但因为废名或久住书斋，对于现实终有隔膜。他把救国兴邦的希望寄托在儒家文化上。

第一节　废名小说中的救亡思想与儒家匡世精神

儒家文化是中国传统文化的核心，在五四时代成为启蒙运动否定打击的对象。但这样一种在中国已经存在了几千年的文化，早已融入中国人的血液之中，它的思想精华成为中华民族宝贵的精神财富。

[①] 废名.莫须有先生传[M].桂林：广西师范大学出版社，2003：116.

"我们生在今日之中国,去孔子又三千年矣,社会罪孽太重,于文明人类本有的野蛮而外,还不晓得有许多石头压着我们,道学家、八股思想、家族制度等等,我们要翻身很得挣扎。名誉、权利、爱情,本身应该是有益的东西,有许多事业应该从这里发生出来,在中国则是一个变态,几乎这些东西都是坏事的。我们今天说'修身齐家',大家以为落伍,不知这四个字谈何容易,在这里简直要一个很大的智者。"[①]

"民为贵,社稷次之,君为轻。"(《孟子·尽心章句下》)

"乐民之乐者,民亦乐其乐;忧民之忧者,民亦忧其忧。乐以天下,忧以天下,然而不王者,未之有也。"(《孟子·梁惠王章句下》)

"桀纣之失天下也,失其民也;失其民者,失其心也。得天下有道,得其民,斯得天下矣,得其民有道:得其心,斯得民矣;得其心有道,所欲与之聚之,所恶勿施尔也。"(《孟子·离娄章句上》)

孔孟思想的"仁"与"爱民"思想的积极意义不容否认,但其最终目的是使君王得天下、固天下,并不是真正的民主。

"中国教育的课程应该以修身为主,便是《大学》所谓'自天子以至庶人,壹是皆以修身为本'。"

一、中国的农民才是社会的基础

废名认为:"中国的农民才是社会的基础""中国的民族精神本来要看

[①] 废名.废名文集[M].北京:东方出版社,2000:156.

大多数的农民""中国的二帝三王是最好的农人,而不是后来的读书人"。与以往新文学家对中国国民性的批判不同,废名对下层农民所具备的中国国民性是肯定的。

从废名19世纪20年代初期的一部分小说中,我们还可以找到以上观念的痕迹。在《讲究的信封》中,他曾写到有的车夫也帮助当时的警察殴打游行请愿的学生。但他的观点很快发生了变化。废名在《莫须有先生坐飞机以后》中说:"莫须有先生在民国二十六年以前,完全不了解中国的民众,简直有点痛恨中国民众没出息,当时大家都是如此思想,为现在学生所崇拜的鲁迅正是如此……"废名对鲁迅思想的评价,可以被理解为是他对中国的知识分子与民众之间的关系的看法:"鲁迅先生的小说差不多都是目及辛亥革命因而对于民族深有所感,干脆地说他是不相信群众的,结果却好像与群众一伙……"[①]

废名的小说虽然以描写农人生活为主,但其中出现的人物多纯朴、本真、亲近自然,过着柴米油盐的安然生活,酸甜苦辣、生老病死皆是人生的安排,并无现实生活中的冲突与烦恼。他们或怀着慈爱之心默默承受生活的苦难,如阿毛的爸爸(《桃园》)、李妈(《浣衣母》),或恬淡安然、少私寡欲,于平淡生活中寻求自由之乐,如三哑叔(《桥》)、金喜(《火神庙的和尚》)、陈聋子(《菱荡》)。

在废名笔下,中国民众善良而美好,他们本着人性的根本需求,满足于平淡、安稳、贫穷的生活。

二、政府"信"则民"忠"

尽管《莫须有先生坐飞机以后》仍有一幅笔墨在书写作者个人的生活经历与所感所悟,但并不一味沉浸在个人世界或理想之中,而是以极大的热情关注民众、国家命运,并且具体提出了自己的政治观点、救国强国的主张。

废名指责国民政府要老百姓相信国家,相信政府。但政府,或者做官的

---

① 废名.废名文集[M].北京:东方出版社,2000:115.

人却没有做到忠于国家和人民。孔子曰："足食，足兵，民信之矣。"他认为春秋社会就是中国儒家道德社会，社会上没有不爱国的，没有不忠于战争的，完全不是"好儿不当兵"的风气。他举例说，鞍之战，齐侯败了，狼狈而归，路上遇见齐国的女子，她问他："君怎么样？"他说："君很好，没有危险。"女子接着再问她的父亲。女子并不问她的丈夫。后来齐侯调查清楚了她的丈夫也正是战中的人员。这与"何日平胡虏，良人罢远征"，或者"可怜无定河边骨，犹是春闺梦里人"，完全有大国民与小国民之分了。因为国君是国家的代表，没有一点奴隶人民的意味。到了战国时期，空气渐渐变了，庄子写一个残废者在"上征武士"的时候大为得意，以其残废之躯大摇大摆，走来走去，因为他不用参加战争了，连庄周的得意都可想而知了。中国社会从此就没有对国家的忠，没有国家的观念。木兰从军，只是一个孝女，从军正是反从军的。"要说中国怕死，那是浮浅之见，烈女死节的事情多得很，何独男子而怕当兵呢？风俗习惯非一朝一夕之故也。要说中国社会因家族主义之故而不爱国，不当兵，也是浮浅之见，春秋社会不足以为我们的模范吗？家与国不相冲突，但如秉国者不能使人民信，即是不能大公无私，于是人民自私其家了。"①

废名把国家民族的苦难归究于国民政府的统治。对当时政府的黑暗腐败的不满在他的早期、中期不谈政治的作品中就有表现。《河上柳》中的陈老爹原来以演木头戏为生，门前有一棵大柳树，每当他晚归时，驼子妈妈就点亮灯笼等他归家。生活平静、安宁，虽然贫穷却也知足。俨然"古之贤人也"。可是"衙门口的禁令，连木头戏也在禁止之列了，他老爹再没有法子赚钱买酒，而酒店里的陈欠，一天一天地催"。为了还酒债，门前的大柳树不得不被砍倒还酒债了。

"柳树"是废名小说中经常出现的意象，往往与平静、安宁、清新素朴、飘逸出尘的生活、人物联系在一起。

---

① 废名. 莫须有先生传 [M]. 桂林：广西师范大学出版社，2003：228.

第三章 废名小说与儒家文化

"清晨起来，太阳仿佛是一盏红灯，射在桥这边一棵围不住的柳树，同时惹你看见的，是'东方朔日暖，柳下惠河风'褪了色的红纸上的十个大字……太阳正射屋顶，水上柳荫随波荡漾，初夏天气，河清而浅……树枝倒映，一层层分外浓深。"(《河上柳》)

"史家庄的柳树大概都颇有了岁数，那是越发现得高，越发现得绿，仿佛用了无数精神尽量绿出来。这时，倘若陡然生风，杨柳一起抖擞，一点不叫人奇怪，奇怪倒在它这样哑着绿。"(《桥》)

柳树围绕下的人生，宛若世外桃源，至德之世，尽显人生的和谐与美好，可是"衙门"却不爱民，而是奴役人民，使民不聊生，失去生活的根基，人间惨剧就此酿成。

"衙门"在《桃园》中的出现，使小说显得阴郁压抑。"桃园孤单得很，唯一的邻家是县衙门，衙门口的那一座照墙，望去已经不显其堂皇了，一眨眼就要钻进地底里去似的，而照墙外是杀场，自从离开十字街头以来，杀人在这上面。说不定王老大得了这么一大块地就因为与沙场接壤。这里，倘不是有人来栽树木，也只会让野草生长下去。"

"城垛子，一直排；立刻可以伸出来，故意缩着那么矮，而又使劲地白，是衙门的墙；簇簇的瓦，成了乌云，黑不了青天……"

政府，更具体地说是那些社会的统治者，那些官，并不爱民，他们掌握着国家机器。对民众只有剥削、杀戮、抢夺、践踏，正所谓"苛政猛于虎"，在民众的眼中，中国的国民政府实在比"日本佬"更可怕。

在离开大都市与学府生活，回到故乡之后，废名生活在农民中间，切身体会到国民政府统治的黑暗，回忆黄梅避难生活的《莫须有先生坐飞机以后》，一改以往的不谈政治、不谈国事的态度，他的申诉绝不是口号，而是来自切身的经验，尤其显得深刻、悲愤。

废名避难黄梅的最深刻感受是"莫须有先生的观感可以一句话说明之,即是他到这里来中国的外患忽而变成内忧了"。废名发现在侵略战争中,中国的老百姓最怕的不是日本人,而是代表当时政府的保长、甲长,他们为官,只为私利,不为国事,对农人的行为并不比日本人更仁慈一些。因此,人们心中没有国家、国事,只想着自家,实际上人们打着抗日的口号,却并不爱国。

"然而莫须有先生分明地看得出今天做了他的居停主人的那位老人的忧愁,他一面招待莫须有先生一面心不在焉,心里有家事,而这家事都与国事无关,而这家事是保甲向他要钱要米。分明是国事,而与国事无关,而是家事。是的,甲长来要钱要米,也是为得甲长的家事来,因为他做了甲长他就可以不出这一份钱米了。保长则不是求省得,是求赚得,所以只有甲长是中国最廉洁的公务员了,而保长也是为着保长的家事来了。"①

除了如此盘剥之外,更加令人感慨的是不可理喻的法制,尖酸的嘲讽透出的是悲愤的无奈。

"老爹一出门,法警就喊他进去,莫须有先生乃知自由是可贵的,而人世犯法往往是无罪了,无罪而不能不承认是犯法,法是如此,事实是如此。"②

这样的政府,这样的官,在侵略者到来的时候,又表现得软弱无能,他们先是让百姓逃跑,接着就弃之不管了。这不合理的政治,不爱民的官,才是中国老百姓的切肤之痛。逼得老百姓只知道怕官,不知道有国、爱国。

---

① 废名.莫须有先生传[M].桂林:广西师范大学出版社,2003:126.
② 同上。

而官的可怕是"因为贪而可怕,官不知道为什么为官而可怕,官不爱民而可怕。人到了无爱之心则凡事可怕"。因此,只要中国的少数人(为官者、统治阶级)爱国,作为国民大多数的农民也一定是爱国的。

国民政府的黑暗还表现在征兵制度上。废名真切感受到中国的老百姓对于征兵感到的痛苦。他认为,生活在大都市的读书人没有资格评价中国的国民性,因为他们的儿子从没有被征过兵,也就是从未尽过做国民的义务与责任,从未与国家、国民共命运,并不能理解"征兵"给国民带来的痛苦。

战争,无论是野心家打的内战,还是侵略者挑起的战争,都是不人道的,战争就意味着流血与死亡,丧命的是老百姓,得力的是野心家。对于抗战时期中国老百姓逃避征兵,废名是理解并极力为之辩护的。他说:"中国社会犹有孝,但中国社会不能表现忠,这确是中国最大的弱点,即如国家征兵,一般人民畏之如虎。畏之如虎,并非认征兵制度为苛政,乃是征兵之政行得不公平、黑暗,于是苛政猛于虎了。"①

首先,当时的征兵制度实行得不公平。废名借一位教员之口,说出了其中原委。如果不想被抽兵,或者出钱收买乡长保长,或者有有权势的后台,或者与乡长保长有关系,或者抓住他们不能公开的弱点、短处,威胁之,比如贪污之事。征兵成了贪官污吏发财的机会。结果被抽兵的只有那些平民百姓。

其次,当时的政府、官吏不爱民。孔子曰:"足食,足兵,民信之矣。"但这样的政府绝不能使民众信任。他们不善待"掳"来的士兵,"不当一只猪养",不仅不教士兵如何去作战,而且以饥饿之兵作战,结果百姓只有白白去送命,废名用孔子的话来总结,就是"弃之"。政府对此从不会有丝毫的惋惜,更谈不上去善待他们的家庭。

秉国者不能使人信。因此,在中国老百姓的思想里没有"国",也没有"忠",各私其家,也就不奇怪了。于是,老百姓有的把儿子送去"住学校",有的干脆逃跑,即使被抽去,也会找机会跑回来,莫须有先生也曾极

---

① 废名.莫须有先生传[M].桂林:广西师范大学出版社,2003:221.

力为本家的三记开脱兵役。

在深刻地揭露、控诉国民政府的黑暗统治的同时,废名坚持反对一切性质的战争、反对党派之争的主张,并且不提倡用暴力革命推翻国民政府的统治,不相信革命会成功,因为只要是战争,就意味着杀人。

"……凡是'乱'都是他们的敌人,连政府也是他们的敌人,何况敌人,何况另外一个政府,他们认为都是乱……跑日本佬的反他们无怨,非我族类,其心必异,当然是要跑的。若在跑日本佬的反之后,再来跑自己的反,你们无论有什么理由他们不听了,贫者是心理不安,富者是流徙死亡。政治是一个实行的东西,岂有没有同情心而有为人类谋幸福的行为?人类之所以杀生,便因为大家肉食惯了,在食肉的时候对生物没有同情心,于是杀生毫不成问题了。人与人之间尚不至于此,然而如今的斗争学说将把同情心都毁掉了,确乎是洪水猛兽的,将来的人吃人等于现在的我们吃肉了。"①

他主张用古代圣贤的治国之策解决中国的现实问题。"莫须有先生本着他的经验说一句绝对不错的话,中国的政治只有孟子的仁政可行,实行的方法只有老子的无为政策。"

孟子的"仁政"是"不忍人之政",这个"不忍人之政"是建立在"不忍人之心",即恻隐之心的基础之上的。

"人皆有不忍人之心。先王有不忍人之心,斯有不忍人之政矣。以不忍人之心,行不忍人之政,治天下可运之掌上。"(《孟子·公孙丑章句上》)

"所以谓人皆有不忍人之心者,今人乍见孺子将入于井,皆有

---

① 废名.莫须有先生传[M].桂林:广西师范大学出版社,2003:256.

怵惕恻隐之心。非所以内交于孺子之父母也,非所以要誉于乡党朋友也,非恶其声而然也。(《孟子·公孙丑章句上》)

"由是观之,无恻隐之心,非人也;无羞恶之心,非人也;无辞让之心,非人也;无是非之心,非人也。恻隐之心,仁之端也;羞恶之心,义之端也;辞让之心,礼之端也;是非之心,智之端也。人之有是四端也,犹其有四体也。有是四端而自谓不能者,自贼者也;谓其君不能者,贼其君者也。"(《孟子·公孙丑章句上》)

"凡有四端于我者,知皆扩而充之矣,若火之始然,泉之始达。苟能充之,足以保四海;苟不充之,不足以事父母。"(《孟子·公孙丑章句上》)

孟子认为,"不忍人之心",即恻隐之心,是人的良知,是"仁"的发端,一切社会伦常秩序、社会理想都建筑在这个情感原则之上。

废名显然在一定程度上受到孟子的启发,认为为政者的"恻隐之心"与民众的安居乐业密不可分,为政者失去"恻隐之心"则必然民不聊生,社会动荡不安,国家岌岌可危,因此,以"恻隐之心"为端的"仁"才是中国应有的民族精神。

废名考察中国的历史,总结出中国的圣人,无论尧舜禹汤文武,还是萧何、张良,都是爱民的、救人的,以老百姓为主的,绝不是使百姓成为他们贪婪战争的牺牲品。于是,废名将社会的希望寄托在国民政府统治政策的改变上,具体地说,就是实行"仁政",怀着仁爱之心对待农民,把农民的苦难、饥寒看得像自己的苦难饥寒一样重要,也就是孟子说的:"文王视民如伤。"实行"无为"政策,只负责使农人有地耕,教之以孝悌之义。自然就实现了"颁白者不负戴于道路"的有序社会。

在国破家亡的战争背景之下,在国民党统治的社会背景之下,废名主张为政者实行孔孟之道,尤其是孟子的仁政,并将希望寄托在为政者的恻隐之心上,在一定程度上是一种空想。李泽厚在《中国思想史论》中指出:

"《孟子》七篇的主要内容和着眼点仍然是政治经济问题。其特点是某种'急进的'人道民主色彩，这其实是古代氏族传统在思想上最后的回光返照。"①

三、对知识分子的人格解剖

废名认为："中国只有两个阶级，即民与官，即农人与读书人。"与对政府党派的不满相应的，是废名对"读书人"的社会价值、意义的分析、评论。站在中国国民的立场之上，废名认为当时中国社会的黑暗落后，读书人负有不可推卸的责任。他的言辞虽有偏颇，还是有深刻的警醒作用的。

在中国社会漫长的历史过程中，知识分子（或称为"智识阶级""读书人"）具有特别重要的地位，被看作是民众中的先知先觉者，因为他们是中国文化的创造者与承接者，是一个民族智慧与理性的象征、道德与秩序的典范，对国家的富强、民族的振兴负有责任。扮演着社会反战的领路人、道德的维护者、国家前途的设计者的角色。因此，往往受到统治者的重用和普通民众的尊崇与信任。也在一定程度上掌握着国家的统治权、话语权，甚至决定国民的命运。这种使命感使大多数的读书人将"学而优则仕""修身、齐家、治国、平天下"作为人生追求的终极目标。

孔子对中国读书人的性格和精神气质的形成有着不容忽视的影响。正如余英时先生所言："中国知识阶层刚刚出现在历史舞台上的时候，孔子便已努力给它灌注一种理想主义的精神，要求它的每一个分子都能超越他个体的和群体的利害得失，而发展对整个社会的深厚关怀。这是一种近乎宗教的精神。"②孔子曰：士志于道。"道"在孔子这里首先是知识分子个体的道德原则和儒家理想社会的社会价值秩序，他认为，知识分子除了拥有一定的文化知识和技能，并以此作为谋生手段之外，更重要的是要有更高的人生追求，就是比求禄求名更重要的"谋道"。他说："君子谋道不谋食。耕

---

① 李泽厚.中国思想史论[M].合肥：安徽文艺出版社，1999：45.
② 余时英.士与中国文化[M].上海：上海人民出版社，1987：101.

也，馁在其中矣；学也，禄在其中矣，君子忧道不忧贫。"（《论语·卫灵公》）学习固然是为了"谋食"，但"谋道"才是读书人的价值与生命意义所在。

当"志于道"的知识分子面临现实的"无道"，要放弃"道"去"枉道而事人"时，孔子是坚决反对的："邦无道，富且贵焉，耻也。"（《论语·泰伯》）

但是，在古代中国，读书人个体的、社会的理想，必须要借助君主才能实现。他们不像农民、商人那样有专门的谋生方法，他们的社会地位、经济来源飘浮不定、没有依托，求仕、做官几乎是中国古代读书人唯一的出路，孟子在回答周霄"古之君子仕乎"的提问时说："士之失位也，犹诸侯之失国家也。"（《孟子·滕文公章句下》）把入仕做官看作是知识分子的本分。读书做官成了历代学子孜孜以求的目标。

实际上，回顾中国的历史，知识分子一旦依托于君主，就必然服务于君主，维护君主的利益。同时，自由也就受到限制，"弘道"的机会也就微乎其微，或者说所弘之"道"也就变质了。面对这样的现实，知识分子的人格与处世方式发生了鲜明的分化。孔子在《论语·子路》中说："不得中行而与之，必也狂狷乎？狂者进取，狷者有所不为也。"这句话杨伯峻先生解释为："得不到言行合乎中庸的人和他相交，那一定要交到激进的人或狷介的人罢。激进者一意向前，狷介者也不肯做坏事。"这句话表述出三种知识分子的人格类型：中行至人、狂者、狷者，即儒士、狂士和隐士。[①]

中国现代知识分子虽然在生存形态上和知识信仰上与传统知识分子有根本的不同，但顽固的精神遗传是不能忽视的。"现代人虽然改着了洋服，而骨髓里却还埋着老祖宗，所以必须取消或折扣，这才显出几分真实。"[②]废名在《莫须有先生坐飞机以后》中，也将知识分子进行了分类，他强调了两种类型——儒生与隐士，在此称为"读书小人""读书君子"。

---

① 田刚.鲁迅与中国士人传统［M］.北京：中国社会科学出版社，2005：51.
② 鲁迅.鲁迅全集［M］.北京：人民文学出版社，2005：57.

儒士中的一部分人在理想主义精神感召下，一直以"道"自任，介入社会和历史，"天下有道，以道殉身；天下无道，以身殉道"（《孟子·尽心章句上》）。孟子的"富贵不能淫，贫贱不能移，威武不能屈"，范仲淹的"先天下之忧而忧，后天下之乐而乐"，文天祥的"天地有正气"，直到五四运动中青年学生的爱国举动，延续的都是这种伟大的精神传统。实际上，儒士是知识分子中读书做官的典型，他们往往通过科举制度改变自身命运，实现现世理想。这就使读书、做官、谋求功名利禄不可避免地联系在一起，一部分读书人在官场丧失了道德准则，成为唯利是图、趋炎附势的小人，"为国为民"只是他们谋取私利的借口。

对于前者，废名是"敬"，但又"而远之"的。本着对个体生命珍视的原则，他认为个体生命以外的价值体系都是外物，同时他对前者的浩然正气又是无比崇拜的。于是他说："我崇拜'杀身成仁，舍生取义'的文天祥，我尤眷念那自白着'本图宦达，不矜名节'的李密。"[①]他崇拜参加社会运动而牺牲的进步青年马良材（《死者马良材》），崇拜鲁迅先生。

"我近来本不打算出去，出去也只是随便到什么游玩的地方玩玩，昨天读了《语丝》八十七期鲁迅的《马上支日记》，觉得他笑得苦。尤其使我苦而痛的，我日来所写的都是太平天下的故事，而他玩笑似的赤着脚在这荆棘道上踏。又莫名其妙的这样想：倘若他枪毙了，我一定去看护他的尸首而枪毙。"[②]

废名敬佩的是这种勇士的伟大的精神，却反对一切形式的冲突、战争、牺牲，因此他并不赞成他们"弘道"的形式。

按照废名给知识分子的分类，他属于读书人中的"隐士"，虽不愿以一个革命者的身份投入社会斗争，但他爱国爱民，有着清醒的是非判断。他的

[①] 废名.废名文集［M］.北京：东方出版社，2000：7.
[②] 废名.废名文集［M］.北京：东方出版社，2000：46.

激愤之言是针对那些祸国殃民的"读书小人"的。他认为那些以做官为目的的读书人是中国读书人中的多数,他们读书是为了获得权力,谋取私利,对社会没有任何用处。

> "中国多事都是读书人多事,因为事情都是官做的,官是读书人。不做官的读书人也是官,因为他们此刻没有做官罢了,他们将来是要做官的。所谓'一朝把官做,便把令来行'。"
>
> "此所谓小人,正是读书人,不是一般老百姓,一般老百姓无所谓贪污,如农人,如商人,如工人,他们无有不辛苦的……"
> (《莫须有先生坐飞机以后·莫须有先生教英语》)

这样的读书小人做官只是为了一己的功名利禄,"读书人在君权下求荣,在夷狄下求荣,始终是奴隶,毫无益于国家民族"。他们不仅于国于民无益,而且对国民生活是有害的。废名说他们"没有出息""无识""无耻","有史以来的坏事,都给读书小人做了!"他们对亡国负有不可推卸的责任。可见,废名对这样的读书小人、读书败类深恶痛绝,也很准确地找到了当时中国的病因。这样的"读书小人"是《张先生与张太太》《文学者》《响午》《追悼会》中的主要人物。张先生是北京某大学的教授,对他来说,太太的小脚是他最大的烦恼;自命不凡的大学生秦达材、程后坤整天写着无聊的情诗,以偷看女邻居为乐。赵先生写《性生活》赚钱,嫉妒升迁的朋友;在烈士的追悼会上的人们大部分是在演戏给别人看,为的是表现自己,追悼会的意义已经不存在了……这些读书人有知识,却没有良知,他们以读书人的身份接受社会的供养,享受特权,实际上极其无用、无耻。根本没有把国家命运与前途放在心上,更有国民政府的为官者成为祸国殃民的败类。

对于中国的知识阶级、读书人,鲁迅也没有多少正面的评价,他好像一生都在批判知识阶级。在他的笔下,"知识者""聪明人""正人君子""文人学士""无枪阶级""圣人之徒""文学家"等,这些有关知识分子的称呼都是带有明显的讽刺意味的。他曾在晚年对"智识阶级"加以断然否定:"知识分子实在是应该轻蔑的,他们花样多,有时是看不清他们的主意所在的。有些事情就败于他们之手……"①反感之情溢于言表。可见,当时中国知识阶级问题已经引起广泛的关注,废名与鲁迅对知识阶级稍显偏激的关注,不过是为了引起民众的注意和知识阶级自身的反省。

废名肯定的读书人类型,被他称为"读书君子",即真正的读书人,孔子所说的"狷者""隐士"。他们是读书人中的少数,介于"读书小人"与"狂者"之间,他们无意于做官、留名,也就不会参与社会政治活动,因此成为读书人社会的边缘人。但他们关心国家、民族的命运,他们的判断、言论因为没有掺杂私利,而保留了正义的立场,成为一股有力的舆论力量,他们的隐逸并不是消极的,而是积极的。

废名本人是以"读书君子""隐士"自居的,但他表示,此时他的隐逸已不是在《桥》《竹林的故事》《菱荡》时期的道家之隐,《莫须有先生传》时期的佛家之隐,而是儒家之隐——孔子式的隐逸。他也许意识到,如庄子那样"敝于天而不知人",投入大自然的怀抱,与鸟兽同群,忘怀世事,只是梦幻而已。他仍然无法忘怀现实,或者说不能无视现实,最终不能放下家国大事。虽然不像孔子那样直接参与政治,出仕为官,游说君王。但传统知识分子的"弘道"精神使废名不能做到彻底完全的超然。他认为知识分子的理想人格是以天下为己任,但不一定做官。"真正的读书人是以天下为己任,不要老百姓举我做代表的,老百姓举我做代表,我则是做官,不是己欲立而立人,己欲达而达人。"他认为读书人"平天下"的途径第一就是修身,"修身是本"。如果每一个读书人都能认真作学问,修养自己的德行,则中国的问题就不难解决了。

"修身便是本。这是人生的意义。这是中国学问的精义。一切道理都是我自己的,所谓'明德',所谓天命之谓性。明明德便

---

① 冯雪峰.冯雪峰文集:四[M].北京:人文出版社,1985:310.

是忠，明明德也便是恕，齐家治国平天下都是分内的事。历史上中国真正的读书人曾有一人贪污否？他们怎么会贪污呢？他们都是哲学家，都是宗教家，天下岂有学问道德而不可相信的吗？你就是下愚，也容易答复这句话的，学问道德岂不可信，只是我们没有学问没有道理罢了。这可见你有良心，这便是'明德'，因为你相信学问，相信道德。只是你不用功罢了，即是你不'明明德'"。①

废名还是将救国的希望寄托在读书人的身上，他认为读书人救出自己、别人，以至国家民族的救命稻草就是"以孔孟为代表、禹稷为模范"的古代原始儒家思想。因为后来被奉为宗教的，君权时代的正宗思想的儒家思想是被破坏、歪曲的，"三纲五常"就是儒学衰微的极致，是与其初衷背道而驰的。

废名认为，真正的读书人救国首先要修炼德行，而不是参与政治，去做官。因为在他看来，在政治、经济、军事、科学方面，中国在当时的历史背景下是没办法与外来力量抗衡的。倒是中国的传统文化、民族精神，在一定程度上完全可以与外来文化抗衡。

第二节　废名小说中的教育思想与儒家匡世精神

废名认为，中国的大多数读书人与民众、与国家想脱离，于国于民有害无利。与之相关的就是中国当时的教育问题。

废名出生在一个教育世家，并且一生都在从事教育事业。废名的父亲冯楚池就是一位以教育为业的读书人，废名与大哥、弟弟都毕业于武昌湖北第一师范学校，又都先后在武汉做小学老师，与其说教书是父辈为儿辈开辟的谋生之路，不如说是家庭氛围一种潜移默化的影响。其中大哥冯力生一直从事教育工作，后来做过黄梅县县中的校长，为黄梅家乡的教育做出一定的贡献。

---

① 废名.莫须有先生传［M］.桂林：广西师范大学出版社，2003：174.

废名1920年从湖北第一师范学校毕业后，留在武昌第一中心小学任教，1922年考入北京大学预科英文班，两年后升入北京大学英国文学系本科。1922年，因张作霖主政北京，解散北大，退学卜居，后因生活困顿，经别人介绍在成达中学走教英文。1928年6月，成达中学与孔德中学合并，继续留在孔德中学教书，到暑假结束。1929年，从北平大学英国文学系毕业，受聘为国立北平大学文学系讲师，到1937年。1939年，在黄梅避难期间，任当时黄梅第二小学国文、自然老师。从1940年起，在黄梅县初级中学教英语五年。1946年，由俞平伯向胡适推荐，受聘为当时北京大学国文系副教授。1949年，北京和平解放后，任当时北京大学国文系教授。1952年，全国高等院校实行院系调整，调往长春东北大学（现吉林大学）中文系任教授。六十七年的人生，三十九年的教书生涯，十八年的求学生涯，废名的一生有五十七年是在学堂、学校中度过的。尤其是他从私塾到新办中学、到大学的求学经历，从文化中心北京大学到黄梅县城甚至乡村教小学、中学的教书经历，使他对中国真实的教育状况有着一定的了解。

在当时的历史条件下，读书毕竟是少数人的事。但这些少数人历来都担负着"齐家治国平天下"的担子，因而什么样的教育才适合中国的读书人，使他们真的能"齐家治国平天下"，是废名思考的问题。

一、中国传统的儿童私塾教育的黑暗

根据童年在私塾读书的记忆，废名把私塾称为"地狱""黑暗的监狱"，把那段受教育的光阴称为"有期徒刑"。

> "莫须有先生每每想起他小时候读书的那个学塾，那真是一座地狱了，做父母的送小孩子上学，要小孩子受教育，其为善意是绝对的。然而他们把自己的小孩子送到黑暗的地狱里去……"[1]

---

[1] 废名.莫须有先生传[M].桂林：广西师范大学出版社，2003：162.

关于中国的私塾教育的情况，在废名的小说《桥》《文公庙》都有表现，实际上那就是他童年私塾教育的记录。《文公庙》中的张先生和《桥》中的先生都是中国典型的私塾先生，学生的学习内容是作为科举选士标准的儒家经典——四书五经。先生只会说"子曰""诗云"，所做的就是要求"读熟了背"，先生的责任就是发号施令，以呵斥、责打为方式的管教。开口便是"读""背"，在私塾教育中，孩子的天性受到一定的压抑，只有先生会客、外出时，才是他们的快乐时光，私塾门外才是他们真正的天地。

"可怜，十几双眼睛，高低不差多少，一齐朝着学门的方向往外望，嘴也差不多一样动，——不知从什么时候都没有气力了。"
（《文公庙》）

在废名眼中，私塾乃是孩子的"人间地狱"。中国的私塾教育的创始人孔子办学是为了向天下传道授业，培养"志于道"的读书人。发展到一定时期，私塾教育就成了参加科举考试的准备。因为自宋代以后，科举的题目就出自儒家经典。科举制度的掌握者、社会的统治者利用儒学"止息动乱""整饬秩序"方面的功用，巩固皇权，并且不断改造儒家学说，而为他们所用。

本来，孔儒对上下等差、贵贱有别的人伦秩序的政治诉求是非常有利于专制帝王对现存秩序的维持的，到了汉代，儒学又被进一步改造，余时英先生说："汉武帝之所以接受董仲舒的建议，'罢黜百家，独尊儒术'，绝不是因为欣赏他的'贬天子'之说，而是因为他巧妙地用儒家的外衣，包装了法家'尊君卑臣'的政治内核。"[①]"君贵臣轻"成了当时儒家思想的基本原则。因此，在封建时期私塾教育只注重四书五经的灌输，在一定程度上养成尊卑贵贱的道德意识，并不负责学生对经书的理解，使学生根本无法体会读书的乐趣，自然把私塾当成"监狱"。

---

① 余时英.中国思想传统的现代诠释[M].南京：江苏人民出版社，1995：98.

这样的教育培养出来的"人才",做官的只能成为对封建王权俯首帖耳的奴仆,不能做官的,有的做塾师,将这种教育继续下去,这条路并不好走,往往终生有不得志的悲哀,消沉落寞,如果没有经济支持则会贫困窘迫,生活得低迷。废名在《以后》中表述了他对塾师的印象。

"莫须有先生曾经写过一篇短篇小说,题名《火神庙的和尚》(应为《文公庙》),里面写一个和尚同一塾师,这个塾师便是莫须有先生小时的塾师。……他们对于小孩的影响不应等于世间的狱吏之于罪犯吗?凡属塾师都是畸形的人。"[①]

有的则会同孔乙己一样,连基本的生活能力都丧失了。他们是科举制度的牺牲品,也是私塾教育的牺牲品,能从"书中自有黄金屋""书中自有颜如玉""书中自有千钟粟"的美梦中醒悟过来的读书人只是少数。

他感叹,私塾教育几乎都在迫害儿童,假如能有高明的老师,懂得儿童的心理,就会培养出高明的人才,有用的人才。更加令他痛心的是,距他读私塾二三十年以后,中国的私塾教育并没有所改善——"小孩子本来有他的世界,而大人要把他拘到监狱里了。你说那是黑暗时代的教育,社会进步了,教育也便趋向光明。我们当然希望如此。但事实是,谁都不承认自己是黑暗,谁都自居于光明,于是人生永远黑暗,光明是解脱。儿童教育是黑暗极端的例子……"[②]三十年以后,他在金家寨再一次见到了与他童年一样的私塾,并没有改变和进步。远远地,就可以听见学童的读书声,在莫须有先生听来,正是"他当年在都天庙的冤声"。做塾师的却并不是莫须有先生理想中的塾师人物——一个老头儿,戴着近视眼镜,捧着旧报纸一句一句地读,而是一位不到三十岁的青年,这简直是对中国教育的一个嘲讽,如果读了书的青年也如此这般仍使儿童接受监狱般黑暗的蒙学,那中国的国事可想

---

① 废名.莫须有先生传[M].桂林:广西师范大学出版社,2003:163.
② 废名.莫须有先生传[M].桂林:广西师范大学出版社,2003:162.

而知了。

废名又在1947年2月于《中国新报·新文艺》上发表了《小时读书》，其中有这样一段话，简直是对私塾教育的痛骂。

> "但《四书》我从小就读过的，初上学读完《三字经》便读《四书》，那又是一回事。回想起来那件事何其太愚蠢，太无意义了，简直是残忍。战时在故乡避难，有一回到亲戚家，其间壁有一家私塾，学童正在那里读书，我听得一个孩子读道：'子谓南容！子谓南容！'我不禁打一个寒噤，怎么今日还有残害儿童的教育呢？我当时对于那个声音觉得很熟，而且我觉得是冤声，但分辨不出是我自己在那里诵读呢，还是另外一个儿童在那里诵读？我简直不暇理会那声音所代表的字句的意义，只深切地知道是小孩子的冤声罢了。要说我当时对于这件事的愤怒的感情，应该便是'火其书'！别的事很难激怒我，谈到中国的中小学教育，每每激怒我了。"①

金家寨的私塾只是当时中国蒙学教育的一个缩影。人的观念的转变、社会的变革是需要过程的。在发生质的改变之前，习惯的势力总是起着决定性的作用。尽管废名对私塾教育深恶痛绝，却表现出对当时这种文化上的习惯势力的无可奈何。

> "莫须有先生当然能解救他们，绝对地能解救他们，而莫须有先生不能解救他们，绝对地不能解救他们！那么谁能解救他们呢？他们的父兄吗？政府吗？都有相对的可能。只有莫须有先生有绝对的可能而绝对不可能。因为莫须有先生是先知先觉，故有绝对的可能，一个人不能解救别人，故解救是绝对的不可能。莫须有先生绝

---

① 废名.废名文集［M］.北京：东方出版社，2000：258.

不承认自己是懦弱，因为懦弱故不自承为社会的改革者。相反的，莫须有先生是勇者，勇于解救自己，因为勇于解救自己，故知解救别人为不可能了。"①

不能解救别人是因为习惯势力的强大，需要个体的觉悟，才能自救，或使解救他人成为可能，而废名又自认为是社会的改革者，毕竟问题的发现与提出，就是变革与解救的开始。废名在地狱般的私塾中，最同情的是孩子。

二、儿童本位主义的现代教育观念

中国传统的私塾教育在一定程度上忽视了儿童特有的心理需求，扼杀了儿童爱自然、爱自由的天性，将他们根本不能理解的"子曰""诗云"强加过去，强迫、威吓并用，剥夺了他们的童年生活。废名在去黄梅从事基层教育之前，曾经周作人介绍在孔德学校任教，那是一所北京大学同人开办的自小学至中学一贯的新式学校，以法国哲学家孔德命名。表示了一切取自由之义的教育方针。

废名就是带着这样的儿童本位主义的教育观念，来看待中国当时残留的私塾教育的，是怀着使"中国的一部分儿童将不再有受这样教育的经验"的目的去金家寨教书的。他用"冤声"指称孩子的诵读声，用"冤状"指称孩子所读所学的书。他为枷锁束缚下的儿童感到悲哀，将本性被压抑束缚的儿童与自然的儿童放在一起对比：私塾中的儿童说话声音"极小极小"，"唧唧哝哝的"，当他们听到思纯自然的声音时，都"一齐大为惊异而且喜悦，因为他们没有一个敢于这样大声说话的"，"其实是说话的自然的声音，正如水中有鱼……"。

在这样畸形的教育下，孩子自然会找机会释放被压抑的天性。在《以后》中，当莫须有先生与塾师交谈时，孩子们争先恐后去"屙尿"，实际上是撒谎，以得片刻自由；《文公庙》中，只要张七先生一离开，教室里就是

---

① 废名.莫须有先生传[M].桂林：广西师范大学出版社，2003：162.

另一番景象。

> "先生进来得那么快,张大火刚刚下了位要去拍王长江的脑袋瓜,倒惊坏了自家,下了位又一屁股坐上去了。都是高声一唱,张大火更是高声一唱;'寡人有疾,寡人有疾',先生也听清楚了。"

其中孩子天真、淘气,甚至有点狡黠的天性跃然纸上,却又令人感到挥之不去的压抑与悲哀,还有深深的同情。

废名主张启蒙教育第一要顺乎儿童的天性。从废名在小说中塑造的儿童形象中,我们发现那些健康的儿童,往往是生活在自然之中的,或者儿童一旦回归自然,就重新获得可爱的天性,就像《桥》中小林和他的同学一样。废名十分强调自然对于儿童的重要性。

> "当我在南京时,见那里的家庭都有无线收音机,小孩子放学回来,就自己大收其音,我听之,什么旧戏呀,时事广播呀,震耳欲聋,我觉得这与小孩子完全无好处,有绝大的害处,不使得他们发狂就使得他们麻木,不及乡下听鸟语听水泉。古人说丝不如竹,竹不如肉,以其渐近自然,倘若听了今日的收音机真不知道怎么说哩。"[1]

在教育孩子的方法上,废名不主张生硬的教训,而注重在日常生活中,随时随地地引导、启发,不主张对书本内容生记硬背,而重在培养他们对人生、世界有正确的理解和从容自然的人格。对于自己的儿女止慈和思纯,废名正是顺应了他们的天性,实践着他的教育主张。在《莫须有先生坐飞机以后》中,莫须有先生对一对儿女潜移默化,有感而发的教育简直随处可见。

---

[1] 废名.莫须有先生传[M].桂林:广西师范大学出版社,2003:114.

例如在第五章"工作"中，思纯被妈妈授命搓棕榈绳，父子好像是在大自然中上了一课，从中看出废名是一个尊重儿童个性、顺应他们的游戏天性和儿童思维的父亲。从今天的教育学角度看，废名的教育方法、思维方式仍然是很现代的。

废名既然做了小学老师，以这样的身份便有利于将他的教育思路在更多的孩子中应用，救启蒙教育于水火。在学校教育中，他仍主张顺应儿童的天性，理解儿童的心理。

"莫须有先生常常想，他做大学生时乃是真正地做小学生，有丰富的儿童生活，学作文章，然而真正地做小学生的生活则略如上述，其不加迫害于儿童者几稀，……倘若那时有一位高明的教师，能懂得儿童的心理，好好地栽培之启发之，莫须有先生长大成人后是不是比现在更高明呢？"①

他回忆读私塾时，有一次先生让他的姑爷代替上课，这位姑爷发给废名一张"印本"，写着"一去二三里，烟村四五家，亭台六七座，八九十枝花"，这使他有了一个"绝大的发现"，而喜出望外，"当下大大换了一个读书的境界"——读书不是苦，是有乐趣在其中。其中原因很简单，孩子在适合他们的年龄、理解能力、兴趣的课文中找到了读书的乐趣。

三、反八股

实际上，中国传统的私塾教育就只是国语教育，至于自然课、历史课、地理课等科目，则是学校教育的内容。私塾教育是科举考试的准备，而科举考试的形式就是重形式、轻内容的八股文。因此，私塾教育传授的正是八股文的内容、八股文的写作方法、八股文的思维方式。

废名对私塾教育不满的一个重要方面就是八股文的教育方式。八股文起

---

① 废名.莫须有先生传［M］.桂林：广西师范大学出版社，2003：169.

源于宋朝王安石的"经义取士",到晚明而大成。清朝则是它走向鼎盛乃至衰落的阶段。在漫长的发展过程中,读书人为求功名,为之前仆后继、付出了狂热的激情,不知不觉中沦为君主的仆役。可以说八股文是中国历史文化的幽灵。

八股文分为破题、承题、起讲、八股、结语。"破题的作法,和作谜语极其相似。"[①]八股部分要讲究对仗,与"对联"没有什么区别。由于程式、内容的固定与单一,这种文体极易掌握,想要写出"好文章",只要不超出私塾的金科玉律。

正是这种形式与内容上都规定森严的八股文,使读书人日益沉湎于四书之中,演习着取媚君王的问题,而不能自拔。

朱自清在《经典常谈》中批评说:"八股文格律定得那么严,所以得简练揣摩,一心用在技巧上。除了口吻、技巧和声调之外,八股文是空洞无物的……这原是君主牢笼士人的玩意儿。"[②]

"徒空言不适用"的八股文,只能造就无用的书生,奴颜婢膝的臣民,于经世济民的实际生活没有丝毫用处,废名反复指责的读书人,正是这种读八股、写八股的无用的读书人。随着清朝政府宣布废除科举考试,八股文也随之变成一种历史的存在,但它并没有告别,甚至仍然主宰着中国人的生活。废名所亲历的乡村私塾教育就是它的余音,而更加可怕的是那时的"八股精神"无处不在,阴魂不散。

莫须有先生说"中国人没有语言,中国人的语言是一套官话"。"官话"也就是"口号""标语",其中内容固然是"为国家、为民族"。抗战期间,中国人都在喊"国家民族"的口号,正如做八股文的人重复着"圣人之言"而并没有切实的想法与行动,只是人云亦云而已,口号的背后是可怕的虚空。

---

① 启功,张中行,金克木. 说八股[M]. 北京:中华书局,2000:119.
② 朱自清. 经典常谈[M]. 南京:江苏文艺出版社,2007:114.

> "莫须有先生看到大家做的事都不对，而名字都要起得对，心里很是难过。他觉得他在乡下孤独了，他是有理说不清了。名字当然要对，但是要紧的是要事做得对。"①

废名在呼吁中国人从八股的习惯势力中解放出来，从空洞的口号中解放出来，"个人切实做些忠于国家民族的事罢了。"他以当时的金家寨小学国语老师的身份，就是从孩子开始，教会他们读书作文，不说笼统的空话，不作空洞的文章，切切实实地做文章，做国民。废名认为，改掉八股文的空虚，最重要的是要学生写文章有内容，让学生知道应该写什么，因为"中国的小孩子都不知道写什么，中国的语言文字陷溺久矣，教小孩子，知道写什么，中国始有希望"。

文章的内容就来自身边实实在在的日常生活，生活是实在的，写实在的生活的文章自然就不会空虚飘浮了。"以前的文章（八股文）则是一切的事情都不能写，写的都是与生活无关的事情。正同女人的裹脚一样，不能走路，不能操作。同唱旧戏一样，不是说话是腔调，不是走路是台步，除了唱戏还有什么用处？世上哪有这样说话的方法？"②

四、写实的国语教学

在《莫须有先生坐飞机以后》的开场白中，废名的创作立意就已表明了。

> "《莫须有先生传》可以是小说，即是说里面的名字都是假的，其实里面的事实也都是假的，等于莫须有先生做了一场梦，莫须有先生好久就想登报声明，若就事实说，则《莫须有先生坐飞机以后》完全是事实，其中无论俱全，莫须有先生不是过着孤独的生活了。它可以说是历史，它简直还是一部哲学。"③

---

① 废名.莫须有先生传［M］.桂林：广西师范大学出版社，2003：190.
② 同上。
③ 废名.莫须有先生传［M］.桂林：广西师范大学出版社，2003：114.

这样,《莫须有先生坐飞机以后》的传记性质就确定了。莫须有先生的言行就是废名的思想无疑,《以后》实际在本质上是一个长篇散文。"……即使如他战后所写的长篇自传体小说《以后》也可以视目为长篇散文"。①

在《开场白》中,废名反对将强国的希望寄托在西方的物质文明的引入上,而认为重新认识中国的传统文化,重建中华民族精神与自信,才是救国、强国的关键。

"……机械发达的国家,机械未必是幸福;在机械决不曾发达的中华民族而购买物质文明,几何而不等于抽鸦片呢?谋国者之心未必不是求健康,其结果或至于使国家病入膏肓呢?我们何不去求求自己的黄老之学我们何不去求求孟夫子的仁政?我们何不思索思索孔夫子'节用而爱人'的意思,看看大禹'菲饮食而致孝乎鬼神,恶衣服而致美乎黻冕,卑官室而尽力乎沟洫'的榜样呢?你将说我的话是落伍,咱们的祖先怎抵得起如今世界的潮流?须知咱们的病根就在于不自信,不自信由于不自知……咱们为什么妄自菲薄,甚至于数典忘祖,做历史考证把'三过其门而不入'的古圣人否认了呢?这便是丧心病狂。这种人简直是不懂得历史,黑格尔说历史是哲学确是有他的意义的。中国的历史就是中国的哲学。我们先要认识我们的民族精神,我们的圣人又正是我们民族精神的代表,我们救国先要自觉,把我们自己的哲学先研究一番才是。本着这一部哲学,然后机器与人类活着有幸福可言,那时我们不但救国,也救了世界。"②

20世纪40年代中期,处于时代旋涡中的知识分子,面对世界的新形势

---

① 郭济坊.梦的真实与美:废名[M].石家庄:花山文艺出版社,1992:245.
② 废名.莫须有先生传[M].桂林:广西师范大学出版社,2003:115.

和人类在冲突矛盾中所遭遇的新命运，都在急切地寻找国家民族的出路，渴望民族能从战争的废墟中尽快地恢复。找到强国强民的途径。在文艺上也是如此，杨振声在《大公报·星期文艺》上发表了《我们要打开一条生路》之后，马上就有朱自清提出疑问："生路自然要打开，但是怎样打开呢？"杨振声的回答是：一要打开新旧文艺的壁垒；二要打开中外文艺的界限；三要打开文艺与哲学及科学的疆界。然后综合中外新旧，培养新时代的文化与文艺。

废名的在传统文化中重建民族精神与自信的主张既是他个人的见解，又代表着一种思想趋势。在当时的历史背景下，"自由讨论与无疆界地开辟新荒，才正是我们的企求"（杨振声语），时至今日，废名的观点仍然是具有现代意义的。而改革、繁荣国语教学则是他进行的最有效的实践。

以往私塾教国语，正是忽视了圣贤经书中的写实的内容，只注重其腔调，结果弄得读书人做起文章来空洞无物。莫须有先生以《论语》为例，告诉学生们，孔子的书上讲的都是平常过日子的事，所以作文最重要的是要写生活上的事，而一个老师所要做的，就是要引导孩子去思考，去观察，留心生活中他们喜欢的事。

"要孩子知道写什么，其实很简单，只要你自己是小孩子，你能懂得小孩子的喜欢，你便能懂得他们写什么。"莫须有先生自认为能如孟子所说的"大人者，不失其赤子之心"，他能知道小孩子。于是，莫须有先生引导孩子写《荷花》《蟋蟀》。

莫须有先生反复表达自己教国语的寂寞、孤独与艰难——"举世皆浊而我独清，众人皆醉而我独醒"，同时他改变国语教育的决心也是决绝的，"万一在这方面他失败了，举世攻击他了，他可以学伯夷、叔齐饿死，也可以学屈大夫投江淹死，只要不拿别的空话做他死的理由，只说他是为反抗中国没有国语而死，他承认。"习惯的势力在一定的历史阶段会表现得强大而顽固，废名早已感到了头上的压迫，不久改到中学教英语和算学了。然而，他将新文化的种子播在了黄梅这片偏远的土地上。也预感到国语教学光明的未来。"到得革命成功了，真正的儿童文学、国语课本都有了，那又不成问题，并不一定要有莫须有先生这样的人才能教国语，凡属师范生都可以教国语，正同别个国度里的国语教学一样。"

废名的侄子冯健男曾回忆说："意想不到的是，当他离开私塾二十多年，并以一位'新文学家'的身份从远方回到故乡避难的时候，乡间还有这黑暗的监狱一样的私塾……这使他感触甚深，也使他感到教书之难。但他决心在这里做一番启蒙的工作。一是给学生筹办可用可读的教材和读物。二是用新方法进行国语教学。三是给学生出新鲜的，从生活中来的一些题目……教学生写生活，写真情实感。"[①]废名的不少学生受到这种新思想、新文学的影响，有的考上大学，走出黄梅，看到了更广阔的新天地。

值得注意的是，废名此时教学生与作文，最强调的就是"写实"。这与他以往的文学风格截然不同。《人间世》是林语堂、徐訏、陶亢德等在20世纪30年代中期创刊，并编辑的小品文半月刊。废名被列为主要撰稿人之一。并在《人间世》先后发表短文《跋〈落叶树〉》（1935年4月20日第26期）、《知堂先生》（1934年10月5日第13期）、《读〈论语〉》（1934年4月20日 第二期）《新诗问答》（1934年11月5日 第15期）、《关于派别》（1935年4月20日第26期）共五篇短文，都是谈论学问的文章，具体地说是关于文学、思想、事理的，其实是废名此时的读书心得和对以往人生体验的总结。这表明废名开始告别理想化的小说时代，步入散文创作期。

此后，废名继续他的散文创作，包括《五祖寺》《散文》《教训：代大匠斫必伤其手》《多识于鸟兽草木之名》《打锣的故事》《放猖》等，战后的散文多是废名对童年往事的回忆，呈献给人们的是平淡与真实，不再是美妙缥缈、令人向往而又不可及的理想王国。此时，废名把思想与目光收回到现实生活中来。

他曾在《散文》中表示了弃小说而求散文的理由："我现在只喜欢事实，不喜欢想象，如果要我写文章，我只能写散文，绝不会再写小说。"[②]

[①] 冯健男.说废名的生平[J].新文学史料，1984（2）：106-112.
[②] 废名.废名散文[M].北京：东方出版社，2000：281.

他甚至对以往的小说创作追悔莫及："在《竹林的故事》里，有一篇《浣衣母》，有一篇《河上柳》，都那么写得不值再看，换一句话说，把事实糟蹋了。"[①]他又在《以后》中借莫须有先生之口说：

> "莫须有先生现在所喜欢的文学要具有教育意义，即是喜欢散文，不喜欢小说，散文注重现实，注重生活，不求安排布置，只求写得有趣，读之可以兴观，可以群，能够多识于鸟兽之名更好，小说则注重情节，注重结构，因之不自然，可以见作者个人的理想，是诗，是心理，不是人情风俗。必于人情风俗方面有所记录乃多有教育意义。最要紧的是写得自然，不在乎结构，此莫须有先生之喜欢散文。他简直还有将以前所写的小说都给还原，即是不假装，事实都恢复原状，那便成了散文，不过此事已是有志未逮了。"[②]

在《散文》中，废名将《浣衣母》《河上柳》还原成了散文，小说与散文各有情致，不能以孰优孰劣评判，却可看出作者不同时期的创作心态，废名此时强调"莫须有先生坐飞机以后，则要有教育意义，不是为己，要为人"。

《竹林的故事》《桥》《莫须有先生传》一直在编织个人的境界，或精心搭建空中楼阁，或冥思苦想、独语徘徊，对现实的种种采取回避的态度，随着年龄的增长，步入中年的废名不再是那个体弱多病的"病人"，不再是愤世嫉俗却又自叹无力回天的青年学子，之前的回避也许只是因为他没有找到参与现实的途径，从而感到无能为力，消极无奈。他开始思索以一个文学家、一个学者的方式，介入现实，拯救国家民族。

"从态度上讲，我们不妨自居于师道，从工作上说，我们要发扬民族精神，我们的民族精神表现于孔子……老实说，我们今日不为师的话，便是

---

① 废名.废名散文［M］.北京：东方出版社，2000：281.
② 废名.莫须有先生传［M］.桂林：广西师范大学出版社，2003：191.

自私，便是不凭良心……"①废名认为理想的文艺应该是要"使人得其性情之正"，中国人的文学不应该像新文学运动时期那样只是学习外国的小说、剧本、散文，没有考虑到西方文学有着他们特定的文化背景——"艺术、科学、宗教并行"，中国没有宗教、没有科学，怎能学得来真正的西方文学？他推崇孔子"乐而不淫，哀而不伤"的中庸之道，"小子何莫学夫《诗》，诗可以兴，可以观，可以群，可以怨，迩之事父，远之事君，多识于鸟兽草木之名"，中国文学应该是生活的诗，写生活、写伦常、写自然，不淫不伤，才是中华民族精神的体现。"中国的文学，从三百篇以至后代，凡属大家，都不出兴观群怨君父国家鸟兽草木的范围，屈原是如此，杜甫是如此，杜甫所推崇的庾信也是如此。"②

宋朝以后才出现的八股文的空洞无物相比，真正的中国文学是以生活为内容的诗，《诗经》写蟋蟀"七月在野，八月在宇，九月在户，十月蟋蟀入我床下"。古诗中有"清明时节雨纷纷""遥知兄弟登高处""江南可采莲，莲叶何田田"，可见，真正的中国文学是写实的，生活中的一切事情都可以写。

废名认为，散文的自由形式是最适宜写实的，在现代散文中发展，中国文学才能有出路和未来，而这样的文学观是应该从孩子开始培养的。"孔子叫小孩子学诗，我们做了许多年的文学家却没有给孩子学的，想起来真是惭愧而且惶恐。我们还是从今日起替中国打开一条生路吧。我愿大家都当仁不让，鲁迅先生的《狂人日记》嚷着'救救孩子'，我到今日乃真找到了救救孩子的道路了》。"③废名的为国家"打开一条生路"，在这里具体说，是从中国传统文化中寻找力量。

五、面对西洋教育

废名的教育思想在小学教育中，是得到了采纳和实施的。他的小学教员

---

① 废名.废名散文［M］.北京：东方出版社，2000：236.
② 同上。
③ 同上。

生活是很愉快的。中国的教育问题在中学教育中体现得更加复杂。这令他如坐针毡。

> "即如一张中学课程表,贴在墙上,莫须有先生常常站在那里呆看,他说本着这张课程表,中国必亡。何以呢?因为这是奴化教育。换一句话说,这个教育表示中国之前没有教育,现在有教育是学西洋的教育。外国语不用说,是学西洋人说话。物理化学不用说的,中国以前所没有的。图画是西洋画。音乐是西洋音乐。体育是西洋体育……"①

当时的"国文"仍在继续着陈腐的八股的教育,使读书人更加无用,废名认为其他科目也都是奴化教育。因为中国学校教育学习西洋教育是在学习西方的科学知识,物理、化学、历史、医学都是如此。但是,科学虽能使西方国家富强,却并不是中国的救国良方。因为中国本没有科学,并不看重、擅长科学。想在科学方面赶超西方,废名是非常悲观的。"……西方的文明,西方国家富强的原因都在科学,故今日救国的方针必得很快赶上西洋,赶上科学!诸君试思,事实上中国可以赶得上西洋国家的科学吗?良心上你又赶得上人家的意识吗?"②因此,他认为,中国人学西方科学仍然是在做表面文章,喊口号,说空话,走形式,于现实是丝毫无补,是在做洋八股。这样的学西方,起初是由于羡慕,在意识到科学救国的可能性很渺茫后,仍要学习西方教育就是谄媚、无耻、自暴自弃、甘心为奴了。

总之,废名是绝不相信科学能够救国的,反对在中国教育中开设与西方科学有关的科目。对于废名这一偏激的观点,我们还是不能脱离他所处的现实环境来评判。

废名在中学教授的是英文,他却为孩子学英语而痛心。他认为中国的英

---

① 废名. 莫须有先生传[M]. 桂林: 广西师范大学出版社, 2003: 318.
② 同上。

语教育是亡国教育。废名的担忧至今仍是发人深省的。

> "……乡下孩子不能写一句通顺的国语，而用所有的时间读英语，同读《三字经》一样，口而诵，心而惟，怕这门主科不及格，而这门主科不久就被抛弃了……而他们终其身不能说一句通顺的国语的，呜呼，此非亡国的教育乎？焉有国民而不会国语的？"①

莫须有先生简直以为自己是在误人子弟了。于是，他教英文主要讲文法，为了使学生写国语合乎文法，不时提醒学生学好国语。

语言文字是民族文化的深层内核与基础，又是民族文化的载体。它的流传与发扬的意义已是不言自明了。在中国人打开窗口向世界学习先进思想、科学的时候，外国的语言文字（特别是被世界广泛运用的英语），成为中国人了解西方、学习西方的中介与工具，因而被列为现代学校教育的一门重要课程，这标志着中国社会的进步。但当废名描述学生学英文的情景时，不免使我们感叹，在半个世纪之后同样的问题仍然存在。

> "……尤其是清晨，学生朝读的时候，所有的用功的学生都在山上四散着读英文，……都在那里以黄梅县的腔调读英吉利的文字……莫须有先生乃大惊曰，我为什么这样一败涂地呢？历史上的隐士没有一个人像我取这种方式！人家或耕田，或者做工，或者出家，我则在这里误人子弟。"②

废名在北京大学读的是英国文学，他尊崇西方的文学与文化，对莎士比亚、塞万提斯欣赏有加，也很推崇西方的教育方式，他并不反对学英文，只是反对盲目地、八股式地学习西方。找不到学习西方的立足点，结果中国的文化被忽视、忘记，学习西方成为笑话：学生费全力学习英文，只因为怕这

---

① 废名.莫须有先生传[M].桂林：广西师范大学出版社，2003：318.
② 同上。

门主科不及格；学物理不但没有仪器，而且没有课本……这种教育的结果可想而知，废名所说的"亡国的教育"并不过分。

经历半个世纪的沧桑，中国逐渐迈入世界强国之列，但在政治、经济、教育各个领域，都还走在通往完善的路上，在大中小学教育中，仍有盲目强调英语学习而忽视语文学习的现象，废名对国语教育的强调，至今仍有启示的意义。教育界乃至整个社会应该为中国语言文字这一民族精神与文化的根基的繁荣与发展有所作为了。

概括废名思想探寻的历程，正如他在《鲁迅先生给我的教育》中说的："起初我并不脱离政治，对政治是热心的……不久就一天一天地逃离现实……"[1]

在他早期的小说与短文中，我们可以找到一个关心现实、热烈激动的废名，只是一直伴随着浓浓的悲观与无奈，又略显简单、幼稚，渐渐地，他的小说彻底地脱离了现实，《骆驼草》发刊词就是他决定把眼光彻底从现实中移开的宣言，在这里，《桥》及同类作品的艺术价值暂且不论，实际上这只是废名的一种精神避难。正如朱光潜说的："其实社会存在是铁一般的事实，个人是靠着社会存在的也是铁一般的事实，我们必须接受这个存在才是事实。"[2]

中年思想渐趋成熟的废名，又开始以独特的方法关注现实了。提出他的救国强国的途径，不同的是他把目光投向过去，希望中国的现实问题可以用古代圣贤的智慧解决。中华优秀传统文化思想是中华民族精神的所在，是民族生命力的根基与源泉，随着社会的发展，在日益世界化的今天，强调传统文化的意义就越发显得重要与迫切了。"实现人生和改良社会都不必只有一条路途可走。每个人所走的路应该由自己审度自然条件和环境需要，逐渐摸索出来。"[3]用这句话来理解废名再恰当不过了。

---

[1] 冯文炳.冯文炳选集[M].北京：人民文学出版社，1988：52.
[2] 朱光潜.朱光潜全集：第四卷[M].合肥：安徽教育出版社，1988：52.
[3] 朱光潜.朱光潜全集：第四卷[M].合肥：安徽教育出版社，1988：102.

第四章　废名小说《桥》文化阐释

第一节　对世俗生死观念的超脱

废名的小说《桥》中，小林这一人物形象独具匠心。他以超脱世俗生死观念的自由精神，挑战了当时社会传统的生死观念和道德规范。小林对坟墓产生了浓厚的兴趣，甚至认为死亡是人生最美好的装饰，这种态度与人们普遍的恐惧和避讳死亡的社会经验形成鲜明的对比。在废名的笔下，小林的性格和行为展现出一种独特的审美感知和对自由的追求。他喜欢在坟头玩耍，欣赏着落日城墙、月光鬼火、死人的送路灯等自然景观。这些细节描绘出乡土生活的宁静与美好，同时也表达了废名对现代文明和城市生活的深刻反思。

废名通过小林这一人物形象，展现了他独特的生死观念和审美感知，以及对自由、独立和乡土生活的向往。这些元素共同构成废名小说《桥》中人物研究的核心内容，引人深思。小林对死亡的看法和态度，以及他对自然景观的欣赏，都展现出他超脱世俗观念的自由精神。他的思想与行为，无疑对当时社会传统的生死观念和道德规范提出了质疑和挑战。小林的言行举止，无疑为当时的世人带来了一种全新的视角去看待生死。他以身作则，用他的思想和行动向世人展示了死亡并不可怕，而是人生的一部分，是生命历程中的自然现象。他对死亡的欣赏，对自然的敬畏，都体现了他内心的自由和独立。

在《桥》这部小说中，废名以小林的形象展示了他的生死观念和审美感知，以及他对自由、独立和乡土生活的向往。这些元素共同构成这部小说人物形象的核心内容,引人深思。小林的独特性格和行为,不仅在当时的社会中引起了广泛的关注,而且为我们今天的生活提供了重要的启示。他让我们认识到,我们不必被生死的观念所束缚,也不必被社会的传统观念所限制。我们应该勇敢地追求自己的信仰,自由地表达自己的思想。

小林对自然景观的欣赏,也给我们带来了启示。在现代社会中,我们往往被各种琐事所困扰,忽视了自然的美好。小林的故事提醒我们,我们应该回归自然,去感受它的美好和宁静。废名通过《桥》这部小说,让我们重新审视了生死、自由、独立和乡土生活等元素。小林的形象不仅是一个具有独特审美感知和对自由执着追求的人物,而且是一种精神的象征,在一定程度上也是一种对传统观念的挑战。

在今天这个快速发展的时代,小林的故事仍然具有重要的意义。他让我们认识到,我们应该勇敢地面对生活的挑战,追求自己的信仰和自由。同时,我们也应该回归自然,去感受它的美好和宁静。只有这样,我们才能真正地理解生活的意义,过上自由、独立的生活。小林的形象也让我们反思现代文明的发展。在废名的笔下,小林对现代文明和城市生活的反思是深刻的。他看到了现代文明带来的便利,但也看到了人们因此而失去的自由和独立。他看到了城市生活的繁华,但也看到了人们因此而忙碌疲惫。

第二节 理想化人性状态的建构

在小说中,琴子常常被描绘为一位内敛而坚韧的女性。她的性格和行为方式给人一种深沉而富有诗意的感觉。她对周围的世界保持一种平静和淡然的态度,这使得她在面对生活的起伏时能够保持镇定和从容。同时,琴子也有着对自然和乡土的深厚感情。她对乡村的风物、景致、人情有着细腻的感受和独特的理解。这种对乡土的热爱和敬畏,反映了废名对自然和乡土的深厚感情,也体现了琴子形象中的一种人与自然和谐共生的理想状态。

此外,琴子还具有一种深刻的人生哲理。她认为,人生就像一座桥,每个人都在桥上来来回回地走动。这座桥虽然很窄,但是人们总是在上面相遇、交错而过。因此，她认为人与人之间的相遇是有意义的，人们应该珍惜彼此的相遇、互相帮助、互相理解。这种深刻的人生哲理，使得琴子的形象更加丰满、更加有深度。

废名《桥》中的琴子形象是一个充满理想色彩的人物。她代表了一种自由、坚韧、深情的女性形象，体现了作者对理想人性的追求和向往。同时，她也是一位具有深刻人生哲理的人物形象，给人留下了深刻的印象。废名在小说《桥》中通过琴子这个形象，展现了一种超脱凡尘的自由与宁静，同时也表达了对乡土的热爱和敬爱。琴子这个形象所代表的理想人性状态，与小林、细竹等人物形象形成鲜明的对比。

琴子不仅有着坚韧的性格，而且有着细腻的情感和敏锐的感受力。她对自然和乡土的热爱和敬畏，源于她对生命本质的理解。她认为，人应该与自然和谐共生，而不是对自然进行剥削和破坏。因此，她追求一种简单而纯粹的生活方式，与自然和谐相处，从而获得内心的平静和自由。

同时，琴子的形象也体现了作者对生命的独特理解。琴子虽然生活在一个充满矛盾和冲突的世界中，但她始终保持着内心的平静和淡然。她对生命的理解不是从功利或欲望的角度出发的，而是从对自然和乡土的热爱出发，追求一种简单而纯粹的生活方式。这种对生命的理解，体现了废名对生命的独特感悟和哲学思考。

废名通过琴子这个形象展现了理想人性的状态和对生命的独特理解。琴子的形象充满着淡泊、忧愁、如梦如画如诗的心境，同时也体现了一种超脱凡尘的自由与宁静。这种理想人性和对生命的理解，对现代社会中的人们仍然具有重要的启示意义。

第三节 对自然的热爱与崇尚

废名的《桥》中的细竹是一个美丽而神秘的女孩。她的出场很唐突，并没有对她的外貌进行正面描写，而是通过小林从外方回来以后，第一次从史家庄回来的反应来表现。小林一进门就告诉母亲："我也会见了细竹，她叫我，我简直不认识！"细竹给了他怎样的惊喜，才会让他一回家就告诉母亲？因为细竹"竟在他的瞳孔里长大了，多么好看的一个大姑娘"。

细竹不仅美丽，而且有着神秘的魅力。她似乎与小林有着某种特殊的联系，让小林对她产生了浓厚的兴趣。在小说中，细竹经常被描述为在角落里静静地观察着什么，有时会让人感到她的存在有些格格不入。她的神秘和独特性为小说增添了更多的层次和深度。

在小说的后半部分，细竹与小林之间的感情纠葛也逐渐展开。他们之间的感情纯洁而深厚，但也不免受到外界的影响和干扰。尤其是在小林离开史家庄去寻找自己的梦想后，细竹感到孤独和失落，但她并没有放弃自己的追求和信仰。细竹的形象不仅让人感到神秘和美丽，而且让人感到她的独立和坚强。她用自己的方式追求自己的梦想和信仰，不屈不挠地奋斗。她的形象也反映了废名对人生的理解和追求，他强调个人的独立和自由，追求内心世界的丰富和满足。

细竹的形象是废名小说《桥》中的重要元素之一，她用自己的方式展现了废名对人生的独特理解和追求。她是一个美丽、神秘、独立、坚强的女孩，她的形象也将永远留在读者的心中。细竹的形象也体现了废名对自然的热爱和崇尚。在小说中，细竹被描绘成一个自然之子，她与大自然息息相关，与自然融为一体。她喜欢在田野间漫步，喜欢在河流边沉思，喜欢在山林中寻找自己的心灵寄托。她的形象与自然相互呼应，形成一种和谐而美好的画面。细竹的这种自然属性，也反映了废名对自然的敬畏和崇尚。他认为自然是神圣的，是人类赖以生存的基础。只有与自然和谐相处，才能获得真正的自由和幸福。细竹的形象正是这种思想的体现，她用自己的方式与自然交流，从中汲取力量和智慧。

此外，细竹的形象也反映了废名对传统和现代的反思和探索。她是一个传统的女孩，有着传统的美德和思想。同时她也有着现代的意识，追求个性和自由。她在传统与现代之间寻找平衡，展现了自己独特的魅力和气质。

总的来说，细竹的形象是废名小说《桥》中的一道亮丽的风景线。她用自己的方式展现了废名对自然、传统与现代的独特理解和追求。她的美丽、神秘、独立、坚强及与自然的和谐相处，都让读者感受到了一个丰富而深刻的精神世界。她的形象也将永远留在读者的心中，成为废名小说中一道永恒的经典。细竹的形象也展现了废名对生命的敬畏和珍视。在小说中，细竹虽然经历了许多困难和挫折，但她始终保持着对生命的热爱和敬畏。她尊重生命，珍惜每一个瞬间，用自己独特的方式感受生命的存在和价值。

细竹的形象也体现了废名对人性的探索和理解。她有着善良、真诚、宽容的品质，同时也包含一种深刻的人性关怀。她关注身边的人和事，用自己独特的方式感受和理解这个世界。她的形象展现了人性中的美好和复杂，让读者对人性和生命有了更深刻的认识和理解。

第四节 《桥》的哲学内涵的呈现

废名的小说《桥》是一部充满哲学内涵的作品。"桥"象征着贯通生命与死亡的桥梁。

《桥》以黄梅小城为背景，讲述了一对青年男女之间纯美的爱情故事。然而，在这部作品中，作者并没有将主题仅仅停留在爱情之上，而是通过男女主角在追求爱情过程中的遭遇，探讨了生命的存在与死亡、永恒与虚无等哲学问题。小说中，男主角进城读书，女主角在乡下绣花，二人之间的感情纯洁而深厚。然而，男主角却因为得了肺病而逐渐走向生命的尽头。在面对死亡的威胁时，女主角用她的纯真与坚韧支持着男主角，希望他能战胜病魔，重新回到正常的生活中。然而，死亡是生命的一部分，是每个人都必须面对的现实。在这一点上，废名对死亡的不可避免和生命的不完美进行了深刻的思考。

在《桥》中，黄梅小城是一个重要的象征元素。黄梅季节的潮湿和阴冷，让人们感到生命的脆弱和无常，而小城的封闭和落后，则代表着生命的局限和无法超越的死亡。

黄梅小城中有一个古老的庙宇——万寿宫，它代表着过去的荣耀和时间的痕迹。在小说中，万寿宫成为男女主角相遇的场所，也成为他们面对生死的见证。男主角在病中常常到万寿宫去寻找心灵的寄托,而女主角则常常在那里为男主角祈祷和祝福。这种寄托和祝福,也隐喻着人类对生命永恒的渴望和对于死亡不可避免的无奈。

《桥》是一部充满哲学内涵的小说作品。通过对爱情、生命、死亡和永恒等问题的探讨,废名让我们重新审视了生命的价值和意义。同时,《桥》也让我们看到了爱情在面对生死时的力量和勇气。《桥》中的男女主角用他们的纯真和坚韧告诉我们:生命的短暂和无常并不可怕,只要我们拥有坚定的信念和对生命的热爱,就可以超越时间和空间的限制,找到属于自己的永恒。在《桥》中,废名还运用了许多其他的象征手法,如花轿和月亮等,都被赋予了丰富的内涵。

花轿在小说中象征着旧的传统和习俗,它代表过去的思想和观念,与现代的文明和进步相对立。男主角进城读书,接触了现代文明,开始对旧的思想和习俗产生反感。他曾经想要抛弃花轿这一传统婚姻象征,选择自由恋爱。然而,在生命的最后阶段,他开始反思自己的行为,意识到自己曾经对传统习俗的轻视和抗拒是片面的、不负责任的。他开始理解,传统和习俗虽然有其局限性,但也有其存在的价值和意义。这种反思让男主角在生命的最后时刻得到了内心的升华和超越。

月亮在小说中则象征着美好、纯洁和永恒。男女主角之间的纯美爱情,与月亮的皎洁和圆满相互呼应。女主角常常在夜晚的月光下为男主角祈祷和祝福,这种场景让人们相信,在面对生死和命运的无常时,爱情是永恒的、不变的。月亮还代表着对生命永恒的渴望和对死亡不可避免的无奈。在小说的结尾处,男主角在万寿宫的屋顶上看到了圆圆的月亮,这让他想到了女主角的祝福和期待,也让他对生命的短暂和无常产生了更加深刻的思考。

《桥》中的象征手法丰富多彩,它们让小说更加具有哲学内涵和文化价值。通过对于传统与现代、生命与死亡、美好与永恒等问题的探讨,废名让我们重新审视了人类文明的发展和人类精神的追求。同时,《桥》也让我们看到了爱情在面对生死时的力量和勇气。《桥》中的男女主角用他们的纯真和坚韧告诉我们:生命的短暂和无常并不可怕,只要我们拥有坚定的信念和对生命的热爱，就可以超越时间和空间的限制，找到属于自己的永恒。在《桥》这部作品中，废名不仅运用了丰富的象征手法，而且通过独特的叙述方式展示了生命的另一种面向。

小说以黄梅小城的城乡生活为背景，将两个截然不同的世界呈现在读者面前。城里的生活代表着现代文明的进步与繁华，而乡村的生活则代表着传统习俗的保守与落后。这种城乡生活的对比，不仅为小说增添了丰富的社会背景，而且在一定程度上反映了生命存在的多样性和复杂性。

在叙述方式上，废名采用了第一人称的叙述视角，让读者通过男主角的视角来感受他的内心世界和情感变化。这种叙述方式使得小说的情感表达更加真实和深刻，也让读者更容易产生共鸣。同时，通过男主角的视角，废名展示了生命的脆弱和无常，以及面对死亡时人类情感的复杂与多样。

此外，废名还通过小说中的对话和独白，展现了人类面对生死时的真实情感与思考。男女主角之间的对话，不仅体现了他们之间的纯真爱情，而且展示了他们在面对生命与死亡时的态度与选择，而男主角的内心独白，则更加深入地揭示了他对生命的理解与思考。这些对话和独白使得小说的哲学内涵更加丰富和深刻。

第五章 莫须有先生系列小说的文化阐释

第一节 忧时伤世的儒家普通知识分子形象塑造

废名的小说《莫须有先生传》中的主人公莫须有先生，是一个忧时伤世的普通知识分子。他的形象充满了复杂性和矛盾性，一方面他像废名一样充满了雅致和平和的士大夫文人气息，另一方面他又具有中式堂吉诃德的有趣和无厘头。莫须有先生在小说中并不是一个英雄或者高尚的人物，他的生活并不算完美，甚至可以说有一些庸碌。然而，他的内心世界却充满了对人生、社会、文化的深刻思考。他常常感到自己的生活与周围的人格格不入，他试图通过自己的行动和思考来改变自己和周围的世界。

莫须有先生的性格特点也是复杂多面的。他有时候显得非常固执，坚持自己的观点和做法，有时候又显得非常天真和幼稚，对人生的复杂性和人性的复杂性缺乏深刻的认识。这种矛盾的性格特点，使得莫须有先生的形象更加生动和立体。

从《莫须有先生传》这部小说中，我们可以看到废名对人生的深刻思考和对人性的深入剖析。莫须有先生的形象，既是对当时社会的一种批判，又是对人性的一种深入剖析。同时，废名也在小说中表达了自己对人生的态度和看法，这些思想深深地影响了后世读者对人生和社会的认识。废名在《莫须有先生传》中，通过莫须有先生的形象，展现了一个知识分子的独立精神和独立思考。莫须有先生不随波逐流，不盲目追求时尚和流行，而是坚持自己的信念和价值观，用自己的方式去探索和认识世界。废名也通过莫须有先生的形象，表达了自己对知识分子的期许和要求。他希望知识分子能够承担起社会责任,关注社会问题和民生疾苦,用自己的知识和能力去推动社会的进步和发展。

在《莫须有先生传》中,废名还运用了大量的象征和隐喻,使得整部小说充满了诗意和哲理。莫须有先生的名字本身就是一个深刻的隐喻,暗示着他是一个无足轻重的人,但他的内心世界却充满了追求和探索。废名通过《莫须有先生传》这部小说,展现了一个知识分子的形象和内心世界,表达了自己对人生、社会和文化的深刻思考和对知识分子的期许和要求。莫须有先生的形象也体现了废名对人生的独特理解和体悟。他的人生充满了荒诞和幽默,但在这荒诞和幽默中,我们可以看到废名对人生的独特见解。

莫须有先生的人生充满了偶然和不确定性,他常常被自己的行动和决定所困扰,有时甚至会感到自己的人生像是一场荒诞的梦。这种对人生的理解和体悟,反映了废名对人生的深刻思考和对人性的深入剖析。废名也通过莫须有先生的人生,表达了自己对于人生的态度和看法。他强调了人生的自由和独立,认为人生不应该被传统的价值观和规范所束缚,而应该根据自己的内心世界和对人生的理解去生活。这种自由和独立的态度,也反映了废名作为一个自由主义知识分子的精神风貌。

废名通过《莫须有先生传》这部小说,展现了一个充满矛盾和复杂性的知识分子形象,表达了自己对人生、社会和文化的深刻思考和对人性的深入剖析。这部小说不仅是一部文学作品,而且是一部思想启蒙的经典之作,它对后世读者的影响是深远而持久的。

第二节 超脱释然的人生态度与历史循环论

废名在《莫须有先生传》中,还运用了大量的佛教思想来丰富自己的人物形象和故事情节。莫须有先生的名字本身就含有一种禅意,暗示着他是一个无名之人,但他的内心世界却充满了对佛教思想的探索和领悟。

在小说中,莫须有先生经常表现出一种超脱和释然的态度,他对生死、名利等问题都有着深刻的思考和认识。他通过自己的修行和实践,逐渐领悟到人生的真谛和佛教的智慧。

同时，废名也将佛教中的一些概念和思想融入故事情节中。这些概念的引入，不仅使得小说更加具有思想深度和文化内涵，而且使得人物形象更加立体和生动。

总的来说，废名在《莫须有先生传》中运用了一些佛教思想来丰富自己的人物形象和故事情节，使得小说不仅具有文学价值，而且具有思想启蒙和文化传承的价值。这部小说对后世读者来说，不仅是一部文学作品，而且是一部文化瑰宝和思想启蒙的经典之作。

废名在小说中表现出一种对历史和现实的忧虑和反思。他通过莫须有先生的经历和思想变化，反映了当时中国社会的复杂性和混乱性，以及人们对社会改革和进步的渴望和迷茫。同时，他也表达了自己对社会和历史的独立思考，对历史事件的独特见解。

此外，废名在小说中还表达了一种对历史和文化的传承和延续的关注。他通过描写莫须有先生对传统文化的热爱和追求，表达了自己对传统文化和历史的尊重和珍视，同时也表达了对文化传承的责任感和使命感。

废名在《莫须有先生传》中表达的历史观是复杂而多元的，既包含传统历史观的影子，又有对历史和现实的独特思考。他的历史观不仅反映了当时社会的复杂性和混乱性，而且表达了他对社会和历史的独立思考和对传统文化和历史的尊重和珍视。废名的历史观还体现了他的乡土情结和对乡土生活的向往。他的作品中常常描绘出一种宁静、质朴的乡村生活，这种生活状态与当时动荡不安的社会现实形成鲜明对比。废名通过描写乡村生活，表达了他对乡土的热爱和对乡土生活的向往，同时也表达了他对城市化进程所带来的社会问题的关注和思考。

废名的历史观也体现了他对人性和人性的复杂性的思考。他认为历史是由一个个具体的人的行动所构成的，而每个人的行动又都带有他自己的个性和思想。因此，理解历史需要深入理解人性和人性的复杂性，需要关注每个人的思想和行动。这种观点在《莫须有先生传》中得到了充分体现，小说中的人物形象饱满、立体，每个人的性格和行为都有其独特之处，同时也都带有作者对人性和人性的复杂性的深入思考。

废名的历史观也体现了他对文学和艺术的追求。他认为文学和艺术是表现人类情感和思想的重要方法之一，是连接历史和现实的桥梁。因此，他强调作家应该用独特的语言和形式来表现自己的思想和情感，同时也应该关注社会现实和历史事件，用自己的作品影响社会和历史的发展。这种观点在《莫须有先生传》中得到了充分体现，小说中的语言简练而富有诗意，形式独特而新颖，不仅表达了作者的思想情感，而且在一定程度上影响了读者的审美观念和思考方式。

综上所述，废名的历史观体现了他的传统观念、乡土情结、人性思考、文学艺术追求等方面，同时也反映了他对社会和历史的独立思考和责任感。这些观点和思考不仅具有文学价值，而且具有一定的社会意义和历史价值。废名的历史观还体现了他对传统与现代、东方与西方的关系的思考。他认为，传统与现代并不是对立的概念，而是可以相互融合的。他主张在保持传统文化的基础上，吸收现代文化的优秀成果，推动文化的创新和发展。同时，他也关注东方与西方的文化交流和互动，认为东方和西方应该相互学习和借鉴，推动世界文化的多元化和繁荣。

废名的历史观具有深刻的思想内涵和广泛的社会意义。他的作品不仅表达了他对社会和历史的思考和责任感，而且在一定程度上影响了一代又一代的读者，引导人们思考自己的历史地位和社会责任。同时，他的历史观也为我们提供了宝贵的思想启示和文化借鉴，为推动人类文明的发展做出一定的贡献。废名的历史观也体现了他对人类文明进程中"真、善、美"的追求。他认为，真、善、美是人类文明进程中的三大价值，是相互关联、相互促进的。他主张在追求真理、正义和美好的同时，也要关注人类文明的传承和发展，保持人类文明的多样性和丰富性。废名的历史观也体现了他对人类文明进程中的"道"的探索。他认为，"道"是人类文明进程中的普遍规律，是指导人类行为和社会发展的根本原则。他主张在探索人类文明的道路上，要不断寻找和遵循"道"，实现人类文明的和谐与进步。

第三节　坚韧达观的市民大众形象塑造

在废名的小说《莫须有先生传》中，房东太太是一个十分生动且富有人情味的人物。她是一个中年妇人，年纪约有五十岁，身体肥胖，皮肤白皙，为人和蔼可亲，善良正直。

作为小说的一个重要角色，房东太太与莫须有先生有着密切的交往。她照顾莫须有先生的生活，为他提供食物和住所，并且对他十分关心和体贴。在莫须有先生病重的时候，房东太太更是对他无微不至地照顾，让他感受到了母爱的温暖。

房东太太还经常与莫须有先生聊天，听他讲述自己的经历和想法。从这些对话中可以看出，房东太太是一个有思想、有见识的女人，她对人生的看法和莫须有先生有许多相似之处。因此，莫须有先生与房东太太之间建立了一种深厚的友谊关系。

房东太太是一个非常善良的人。她对莫须有先生非常关心，经常询问他的身体状况，并为他准备营养丰富的食物。当莫须有先生生病时，房东太太更是无微不至地照顾他，让他感到非常温暖。这种善良和热心的态度让莫须有先生感到非常感激。房东太太是一个非常有见识的女人。在与莫须有先生的对话中，她展现出了对人生、爱情、家庭等方面的深刻理解。她的看法与莫须有先生非常相似，因此两人之间建立了一种深厚的友谊关系。房东太太的存在让莫须有先生感到自己并不孤单，他可以从她那里获得许多宝贵的建议和支持。房东太太也是一个非常有趣的人。她的性格非常开朗、幽默，经常讲一些有趣的笑话或者故事来逗莫须有先生开心。她的这种乐观和积极的态度让莫须有先生感到非常愉快。

在废名的小说《莫须有先生传》中，房东太太是一个内涵丰富和立体的人物。她的善良、有见识和有趣的特点让读者印象深刻。通过这个形象，废名展现了人性的美好和温情，也表达了他对生活的热爱和关注。房东太太不仅是莫须有先生的朋友和导师，也是他的精神支柱。在莫须有先生最困难的时候，房东太太总是给予他鼓励和支持，帮助他渡过难关。

同时，房东太太也帮助莫须有先生了解和适应了当地的生活。她为他介绍了许多当地的风俗和文化，还教他如何与人相处和处理人际关系。这些经验和知识对莫须有先生来说是非常宝贵的，它们让他更好地融入了当地的生活，也让他更加自信和成熟。房东太太还经常与莫须有先生分享自己的生活经验和智慧。她告诉他，人生中最重要的不是金钱和名利，而是家人和朋友。她告诉他要珍惜眼前的人和事，不要为一些琐碎的事情而烦恼和纠结。这些话让莫须有先生感到非常受益，也让他更加明白了生活的真谛。房东太太的形象也体现了废名对人性中温情和善良的重视。她用自己的行动传递出了爱与关怀的力量，让莫须有先生感受到了人性的美好。她的存在让整个小说都充满了温暖和感人的元素，也让读者对生活有了更加深刻的思考和感悟。

第四节　莫须有先生系列呈现的儒家情怀

废名的小说《莫须有先生传》中的儒家情怀表现在他对社会现实的关注和担忧、对底层人民的关注和同情、对道德观念的认同和推崇等方面。这种情怀不仅体现了废名个人的思想观念，而且反映了当时社会的时代精神。废名在小说中通过莫须有先生的形象，展现了一个具有儒家情怀的知识分子的精神风貌。

第一，废名在小说中塑造了一个忧时伤世的普通知识分子莫须有先生，他的儒家情怀表现在他对社会现实的关注和担忧上。莫须有先生深感世事的无常和现实的残酷，对那些受苦难的人们深表同情，他时常为之痛惜，为之感叹，这种忧国忧民的思想正是儒家所倡导的。

第二，废名在小说中描绘了莫须有先生下乡的情景，他深入了解农村生活，关注农民的命运和苦难，这种对底层人民的关注和同情也符合儒家的思想。

第三，废名在小说中表现了莫须有先生的道德观念和行为准则。莫须有先生是一个有着高尚品德的人，他正直、诚实、善良，这种道德观念正是儒家所倡导的。废名在小说中通过莫须有先生的生活和思想来表达自己对儒家思想的认同和推崇。莫须有先生的言行举止都符合儒家的规范，他的生活态度和处世哲学也体现了儒家的精神。

莫须有先生强调人与人之间的相互关系和道德义务。他重视家庭、亲戚和朋友的关系，并认为这些关系是建立在互相尊重和互助的基础上的。他在处理人际关系时，始终秉持着真诚、善良、尊重和宽容的原则，这与儒家所倡导的"仁爱""尊重""忠诚""礼敬"等理念是一致的。莫须有先生注重内心的修养和精神的追求。他爱好诗词、书法和绘画等艺术形式，并认为这些艺术能够净化人的心灵，提升人的精神境界。这种对内心修养和精神追求的重视，正是儒家所强调的"修身齐家治国平天下"的理念。莫须有先生关注社会的公正和正义。他对那些遭受不公和不义的人们，总是报以同情和关注，并尽力去帮助他们。他反对权贵和富豪的专横和残暴，主张社会的平等和公正。这种对社会公正和正义的追求，正是儒家所倡导的"公义""平等"和"大同"的理念。

莫须有先生的生活态度是积极乐观、向上向善的。尽管面对着生活的困苦和挫折，但他始终保持着乐观的心态，用他的善良和真诚去影响周围的人。他的这种生活态度和处世哲学，正是儒家所倡导的"乐天知命""自强不息"和"舍己为人"的精神。

废名通过莫须有先生的形象展现了儒家情怀在知识分子身上的体现。这种情怀不仅关注个人的内心修养和精神追求，而且关注社会的公正和正义，并以积极乐观的态度面对生活的困苦和挫折。这种儒家情怀对当今社会依然具有重要的启示意义。

首先，莫须有先生具有深刻的思考能力和独立的思想。他不断反思自己的生活和社会的现实，思考人生和社会的问题，并试图找到解决问题的方法。他不盲从权威和传统，敢于对不合理的事情提出质疑和批评。这种独立思考和批判精神是儒家知识分子的重要特点之一。莫须有先生具有强烈的正义感和反抗精神。他不满现实中的不公和不义，对那些违背道德和正义的行为，他会毫不犹豫地站出来批评和反抗。他不会为了权力和利益而放弃自己的原则和信仰，这种正义感和反抗精神是儒家知识分子的重要品质之一。

其次，莫须有先生具有浓厚的人文关怀和人道主义精神。他关心人民的疾苦和命运，对那些遭受苦难的人们，他会尽自己的力量去帮助他们。他主张以仁爱之心去对待他人，以人道主义精神去关注弱势群体。这种人文关怀和人道主义精神也是儒家知识分子的特征之一。

最后，莫须有先生的儒家情怀还表现在他对传统文化的尊重和传承上。他深知传统文化对一个民族的意义和价值，因此他致力于传承和发扬传统文化。他认为传统文化是一个民族的根基和精神象征，应该得到相应的尊重和保护。这种对传统文化的尊重和传承也是儒家知识分子的特点之一。

综上所述，废名通过莫须有先生的形象展现了儒家知识分子的独立思考和批判精神、正义感和反抗精神、人文关怀和人道主义精神以及对传统文化的尊重和传承等特点。这些特点不仅在当时具有重要意义，而且在当今社会依然具有一定的启示意义。废名在小说中通过莫须有先生的形象，展现了儒家知识分子的道德典范和人格魅力。

第六章 废名小说创作的变迁与发展

第一节 废名文艺思想的变迁

废名对文艺的观念,经历了一番曲折变化的过程。在这个过程中,他的思想不断地深化,逐渐从表面深入内核。他的观念的演变,不仅体现在他对不同文学流派和风格的理解上,而且体现在他对文学本质和功能的独特见解上。

早期,废名深受中国传统文学的影响,尤其是宋词和元曲。他对这些古代文学的热爱和理解,使他的作品充满了浓厚的诗意和深刻的哲理。然而,随着时间的推移,他开始接触西方现代文学,尤其是象征主义和意识流文学。这使他的作品风格发生了一定的变化,他开始更加注重描绘人物的内心世界和情感体验。

在他的后期作品中,废名逐渐形成自己独特的文艺思想。他强调文学的独立性和纯粹性,认为文学应该超越现实生活的束缚,探索人类存在的本质和意义。他主张用细腻的笔触和深刻的思考来描绘人的内心世界,以此揭示现实世界的真相。

废名的文艺思想演变,不仅展现了他个人在文学道路上的探索和成长,而且反映了中国现代文学在吸收西方文学营养和继承传统文化之间不断探索和发展的历程。他的作品和理论贡献,为中国现代文学的发展做出一定的贡献。

废名从激烈的社会洪流中退隐,并不是义无反顾的。一方面,从他早期的现实主义小说中,我们已经发现他的犹疑、徘徊的心态,作为一个典型的内倾型作家，他更加关注自己的内心感受、探索个体的精神世界。另一方面，他不能完全忘却自己的社会身份。为不能承担社会责任而充满自责。但他部分的创作表明：经过一番痛苦的挣扎，他选择了退隐。

在这期间，废名是经历了怎样的斗争而做出如此决绝的选择呢？

一、废名小说创作的历史背景

在创作了《竹林的故事》《浣衣母》等田园风格的诗化小说之后，乃至于在创作了《桥》（当时名为《无题》），编织他的艺术之梦的同时，他的目光并没有从现实中移开，反而这时期发表的杂感式散文中的言辞与观点，颇有鲁迅式的斗士风格。

1925年10月26日，北京五万人集会游行，反对"关税特别会议"。遭到当时政府的阻挠，发生流血事件。《社会日报》等报纸散布所谓"周树人齿受伤，脱门牙二"的流言，试图煽动教育当局对鲁迅进一步加以迫害，鲁迅为此著文《从胡须说到牙齿》，对流言进行了有力的驳斥，废名戏仿鲁迅文章做《从牙齿念到胡须》，站在鲁迅的一边。的确，废名对鲁迅的崇拜是由来已久的。在读《呐喊》之后，他做杂感《呐喊》称："在文艺上，凡是本着悲哀或同情而来表现卑贱者的作品，我都喜欢。"在文中，他还称赞鲁迅是"一个振臂一呼应者云集的英雄！"[①]

鲁迅是废名眼中的英雄，甚至是他所崇拜的，他曾经回忆与鲁迅的两次会面。

> "鲁迅先生我也只见过两回面，在今年三四月间。第一次令我非常愉快，悔我来得迟。第二次我觉得我所说的话完全与我心里的意思不相称，有点苦闷，一出门，就对自己说，我们还是不见罢，这是真的，我所见的鲁迅先生同我未见之前，单从文章中印出来的，能够说有区别吗？"[②]

[①] 废名.废名文集[M].北京：东方出版社，2000：7.
[②] 废名.废名文集[M].北京：东方出版社，2000：15.

在废名心中鲁迅的形象并没有变,只是他认为在鲁迅面前,他没有表现出真正的自己,由于崇拜而紧张局促。他还回忆一天傍晚,鲁迅的车从他身边经过,他预备急忙去拉鲁迅的手,可惜,车子走远了。

1927年,他在一篇日记中写道:"……昨天读了《语丝》八十七期鲁迅的《马上支日记》,实在觉得他笑得苦。尤其使我苦而痛的,我日来所写的都是太平天下的故事,而他玩笑似的赤脚在这荆棘道上踏。又莫名其妙地这样想:倘若他枪毙了,我一定去看护他的尸首而枪毙。"[①]

在追逐自己"梦想"的路上,废名是矛盾的,做英雄也曾是他的梦想!辛亥革命那年,废名十岁,各个向他讲述黄兴是怎样一个英雄,他"听了真是摩拳擦掌,立志要做这么一个英雄"[②]。他甚至约了堂兄和另一个伙伴去投武昌的学生军。可是走了十里(1里等于500米)路,就要上船的时候,他却蹲在地上大哭起来,最终与堂兄一同回家。废名后来说,这是因为"怕杀掉脑壳"。

即使在1925年间,他的创作风格和艺术主张已露出明显的平和冲淡,甚至隐逸气质时,他仍然有过做鲁迅式英雄的冲动。"然而人世的经验,我一天多比一天了,我所见的革命志士,完全与我心里的不一样,我立刻自认我已经是一个革命志士!除掉白刃架在脖子上以为可怕,我还差什么呢?不知从什么时候起,这一'怕'似乎也渐渐地消失下去了,而我也并不嘲笑从前的'怕'……从此我毫不踟躇地大胆地踏上我的'战地',这两个字我用来真是充分的愉快,对得起血肉横飞的战地上的我的朋友。"[③]

这一番话既道出了废名积极入世、关注现实的倾向,也透露出他对当时的"革命"、一些"革命者"行为的不屑。从这篇杂感的内容,我们似乎可以断定,废名真的要做一位思想领域的、像鲁迅一样的斗士了。然而,在与《作战》同一天发表于《京报副刊》的《公理》中,他的写毕附记又

[①] 废名.废名文集[M].北京:东方出版社,2000:46.
[②] 废名.废名文集[M].北京:东方出版社,2000:21.
[③] 废名.废名文集[M].北京:东方出版社,2000:22.

这样说："这几天竟一发不可收地讲了许多闲话，虽然没有多时间，心却跑到腔子外面去了，太不上算，自即日起，还是躲在'研究室''推敲作品'。"①

似乎在太阳下晒久了，他又要找一块树荫乘凉。回到属于他个人的"梦的世界"中去，但生活在水深火热的中国社会中，要冷静地闭上眼睛、站在潮流之外，又是何其难也！

1926年3月18日，爆发震惊中外的"三一八"惨案。废名次日以冯文炳名做杂感《狗记者》，如一篇战斗檄文。

"昨日段祺瑞嗾使卫队枪杀我群众，凡有血气，都发誓与卖国贼不共天日的。北京某些御用记者，瞎眼迷心，为虎作伥。他们摆出法律、公道的狗脸，拿我们的志士的血，作他们信口开河的资料。枪弹没有穿进我们的胸，我们的眼睛要替我们的死者睁开，我们的嗓子要替我们的死者提高，齐声打狗。"②

几天以后，他又连续在《京报副刊》发表《俄款与国立九中》《共产党的光荣》，都是言辞激越、政治倾向性很强的时论、杂感。尽管这类文章在废名笔下极为罕见，他对社会、国家、民族命运的关心，国家前途的担忧，是不容否认的。从这几篇杂感中我们看到了鲁迅的影子。

废名没有走上社会革命道路，也与他所见到的革命所存在的问题有关，与他对所谓智识阶级的失望有关。他的看法在杂感《作战》中已经提到。

二、对知识阶级的失望与解剖

纵观废名的创作，最引人注目的当然是以《竹林的故事》《浣衣母》《菱荡》《桥》为代表的诗化田园小说，还有长篇小说莫须有先生系列，其

---

① 废名.废名文集［M］.北京：东方出版社，2000：24.
② 废名.废名文集［M］.北京：东方出版社，2000：31.

实在小说集《竹林的故事》《桃园》《枣》中都有一部分现实主义小说，通过小说的人物、情节表现作家的成长心境。

如前所述，《竹林的故事》中的《讲究的信封》《病人》等都是废名一个时期内心冲突的写照，更突显他性格中内倾的方面，弱的方面。《桃园》曾得到过反面的评价："所有废名的书，我最不喜欢的就是《桃园》。勉强地说，只有题为《桃园》的那一篇还算精品。别的不知怎么，总觉得不好。"不好的原因在于"《桃园》的辞藻也罢，故事也罢，有的似乎是没有把道载好，因而文章看上去也不太过瘾。但最可议处尚不在此。以'道'的本身论，也单纯得那么脆弱，非'浅'即'俗'……"[1]

小说集《桃园》共收录小说10篇，除《桃园》《菱荡》外，其他都反映出废名对现实的热心。从吴小如对《竹林的故事》的"天真妩媚"和对废名本人"有才华，却不愿以绚烂示人，收敛得天衣无缝"的高度评价来看，"非俗即浅"的评价是针对这些关注现实题材的小说的。

但这些小说对废名却是必不可少的，而且他并不看轻这些作品。既然他在彼时彼刻还不能将自己的眼睛与心灵从现实中移开，他就必然有感而发，通过杂感与小说谈谈对现实的看法。"我此刻写《无题》，我也还要写《张先生与张太太》这类东西。就艺术的寿命来说，前者当然要长过后者，而且不知要长过几百千年哩。但他们同样是我此刻的生命，我此刻生命的产儿，有时我更爱惜这短命的产儿。好罢，我愿我多有这样的产儿，虽然不久被抛弃了，对于将来的史家终是有一定的用处。"[2]废名对于这类小说的创作、存在的意义、将来的命运想得很清楚，因此这些作品的内容，他是有意为之的。

张先生是北京某大学的教授，是"笃行谨守之士"，似乎对政治并不关心，他最大的苦恼莫过于他太太的一双小脚。这双缠着裹脚布的畸形的小脚，成为张先生与张太太之间的大隔阂，"人世间倘有伤心的事，张太太的

---

[1] 陈建军.废名年谱［M］.武汉：华中师范大学出版社，2003：68.
[2] 废名.废名文集［M］.北京：东方出版社，2000：53.

小脚对于张先生真是伤心"。他由丑陋的小脚而迁怒来自乡下的太太，但这也正是这一代知识分子的宿命。受过新思想影响的他们，形成新的审美观、独立思想，但却不能摆脱来自旧家庭、旧文化的牵制，小脚太太、老太爷如影随形。这使张先生显得老气横秋、忧心忡忡，失去了许多活力。

对于这类知识分子，废名早有评论："我觉得中国现在的情形非常可怕，而我所说的可怕，不在恶势力，在我们知识阶级自身！一般所谓学者们，在我看来，只是一群胖绅士；至于青年，则几乎都是没有辫子的'文童'！所以眼下最要紧的，是要把脑筋还未凝固，血管还在发热的少数人们联合起来，继续从事《新青年》的工作。我们要的是健全的思想同男子汉的气概。"[1]废名在这里倡导的是五四的人的解放、思想解放。

这几篇小说都有精神分析的味道，在一定程度上进入人物的秘密空间，发现了一些"大学教授""大学生"等社会中坚人物，不为人知的真实丑陋的一面。这使我们联想到鲁迅的《肥皂》、沈从文的《八骏图》。同时，废名也有鲁迅式的自省。1927年4月23日，废名发表《忘记了的日记》，他说："我在过去的四年中，有种种不同的心情，想起来很爱惜，越幼稚、'不洁净'，越是爱惜得厉害……"[2]

这样的自剖在《追悼会》中仍在继续。北山去赴纪念"三一八"一周年的追悼会，但因为有人说了让他上台演讲的话，北山就紧张地在心里专心准备演讲的内容，不耐烦地心里暗骂台上的讲演者，但他终于悟到："因了哀而想写，想说想写便忘记了哀，想说想写就是了……自以为写得好，得意，而且要持给人家看，这时追悼会就变成了展览会……"（《追悼会》）北山的心态代表了许多参加追悼会的人的心态，也在某种程度上，道出了这种集会活动的形式化，从而产生了失落感。

《审判》则颇有讽刺的味道，犯人只因下意识地鞠了一个躬，就被当作被枪毙的革命党的同伙。但犯人并不喊冤，他只求速死，理由是"反正干

---

[1] 废名.废名文集［M］.北京：东方出版社，2000：11.
[2] 废名.废名文集［M］.北京：东方出版社，2000：44.

什么都没有什么意思""这里虽然也无人能使我不自由,但我也要身体的自由。老是关着审判总不行"。他甚至同情法官还要长久长久地做下去,这实际上是对当时荒诞、专制的、无理性社会制度的抗议。

《浪子的笔记》记录了几代下层妇女的血泪史。

废名带着哀伤同情的目光审视着社会人生的阴暗的一面,面对种种人性的、现实的困惑与问题,这并不是废名个人的独特发现,废名的独特之处在于他选择的解决问题的方案。

三、多灾多难时代的《骆驼草》

1927年7月,奉系军阀张作霖入京后,下令将北京大学等九所院校合并为"京师大学校",引起北大师生和社会各界的反对。废名愤而退学,在此期间创作了《桃园》《菱荡》,并随感录《死者马良材》,短篇小说《小五放牛》。先住在玉泉山东边的四棵槐树,不久搬到香山与卧佛寺之间的北营。两处住的时间都比较短。后迁居西郊门头村正黄旗14号。废名常在此过冬,夏天每每因事住进城内,如此达五年之久,故将此居取名为"常出屋斋"。

废名对政治的黑暗、军阀的残暴气愤至极,他虽不能像李大钊、鲁迅那样以斗士的姿态去战斗流血,却也不能闭起眼睛做任人摆布、随波逐流的秀才与学童。

他如马良材一样,是苦于现代的烦闷的青年,不知道青年应该怎样,迫切地要知道自己在这样的时代中应该做些什么,迫切得要掉眼泪。马良材终于参加到实际的社会运动中了,不久在上海被杀害。废名说他正是中国现在的青年!对如马良材一样的青年志士废名是钦佩、尊敬的。那么废名又是以怎样的态度面对他所见到的血迹斑斑的社会现实呢?

梁玉春曾非常喜欢废名在西山的斋名——"常出屋斋",认为与"十字街头的塔"有同样的妙处,废名十分认可。[①]

[①] 废名.废名文集[M].北京:东方出版社,2000:121.

这是一种介于"出世"与"入世"之间的态度，事实上，所谓"十字街头"就是纷繁复杂的社会，"塔"则是个人的主张、见解，既不放弃个人的主张，又要关注社会事务，自然就要常出"屋"走走，常将头伸出"塔"外看看，发表自己的见解，实际上，"塔"与"街"本来并非不相干的东西，不问世事而缩入塔里本来就是对街头的反动。当个人的主张不能被社会接纳，就干脆回到"塔"里、"斋"内，绝不预备跟街头的群众去瞎撞胡混。

1930年，废名将他们创办的一个小型周刊定名为《骆驼草》。刊名的含义是："骆驼在沙漠上行走，任重道远，有些人的工作也像骆驼一样辛苦，我们力量薄弱，不能当'骆驼'，只能当沙漠地区生长的骆驼草，给过路的骆驼提供一点饲料。"[1]很显然，《骆驼草》的创刊者没有把自己定位为革命的先锋，在个人与社会之间，出世与入世之间，他们更加倾向于前者，在个人本位主义的理论支撑下，在道路的选择上，废名奉行一条公理——"汝安则为之"，也就是按照自己的想法去做，哪怕是"大家爱国，我却坐在书房抽烟卷，也不怕大家骂我冷血"[2]。

因此，废名在19世纪20年代中期思想时冷时热的反复，是他在其中左右徘徊的表现。果然，在《骆驼草》发刊词中，废名明确声明"不谈国事""不为无益之事"，立志要做秀才。表现了一种强烈的自由主义独立倾向。在《骆驼草》办刊期间，废名共发表杂谈类散文十余篇。谈论莎士比亚、塞万提斯、福楼拜、陶渊明，无非是在否定当时中国人信奉的"学而优则仕"的入世的人生观。所谓"仕"，就是"入官从职"，参与政治。当时的中国人认为这是"学而优"者的责任与义务，也是衡量为"学"者人生成败的标准，仿佛学而优而不仕，便失了他的国民一分子的资格似的。因而，根据当时中国特别的国情，中国的人可以分为两类，如果不是"不得志"，那便是"得志"了。很明显，"得志"就是得到相应的政治地位，有官做；"不得志"就是被排除在政治势力之外。这种人生观的功利色彩很浓，废名

---

[1] 冯至.冯至全集：第12卷[M].石家庄：河北教育出版社，1999：106.

[2] 废名.废名文集[M].北京：东方出版社，2000：23.

是反对这种观念影响到文学的。

  他推崇福楼拜式的"做文艺女神孤独的祭司"的作家,献身艺术;也推崇莎士比亚、塞万提斯式的为生活而做文章的人。虽然有所不同,但都是依了自己的心性、爱好做事,并不想到"穷则怎样,达则怎样",与政治无关,是"完全的人"。

  废名曾经反对知识者参与政治,面对现实的黑暗,他打算闭上眼睛,回到书斋之内,去说闲话、写杂谈,研究学问,却不知"覆巢之下,复有完卵"的道理,尽管废名独特的文学与独立的思想为现代文学书写了独特的一笔,而使之多姿多彩,但在多灾多难的历史上,他与他的文学只能长久寂寞地处于边缘的地位——这也许正是他想要的。

第二节 废名小说创作风格的发展

  废名在小说创作中融合了西方现代小说技法和中国古典诗文笔调,这是他独特创作风格的重要体现。他吸收了中国古典文学的优美笔调和西方现代小说的新颖技巧,形成独特的叙事风格。废名的文辞简约幽深,兼具平淡朴讷和生辣奇僻之美。他追求用最简单的语言表现最复杂的思想和情感,同时又能在平淡中透露出奇崛的意象和深刻的哲理。废名是京派文学的重要代表人物之一,他的创作风格也受到京派文学的影响。京派作家注重表现人性、人情和人性的困境,废名的小说也常常关注这些问题,并以其独特的视角和笔法加以表现。废名的个人经历和情感投射也对他的小说创作风格产生了影响。他经历了人生的种种苦难和挫折,这些经历在他的小说中得到了一定的反映。他的作品常常表现出对人生的深刻思考和对人性的深入剖析。废名的小说创作风格的形成是多方面因素的综合体现,既包括一些文学前辈的影响,又包括京派文学的影响和个人经历、情感的投射。这些因素共同作用,形成废名独特的创作风格,并对后来的文学发展产生了一定的影响。废名的小说创作风格不仅在当时引起了人们的关注,而且对后来的文学发展也产生了一定的影响。他的作品不仅具有独特的艺术魅力,而且具有深刻的思想内涵，是中国现代文学宝库中的重要组成部分。

废名的小说创作对后来的文学创作具有一定的启示作用。他的作品不仅在形式上具有创新性，而且在内容上也具有深刻的思想内涵，对后来的文学创作者具有一定的启示作用。他的作品提醒我们，文学创作应该注重表现人性和情感，而不是简单地追求形式上的新颖和奇特。

一、个人经历与情感投射

废名早期的生活经历对他的创作产生了一定的影响。他在北京大学的预科期间，开始在胡适主编的《努力周刊》上发表诗文，二十二岁时正式进入文坛。同时，他也是新潮社文艺丛书之一《竹林的故事》的作者，这部小说集收录了他早期的一些短篇小说。

在北大期间，废名经历了张作霖入京，下令将北京大学、北京师范大学等院校合并成为"京师大学校"的事件，这一事件导致他失学了一年。失学后，他开始了卜居西山正黄旗村的生活。这段半隐居式的生活给他提供了大量观察和思考的机会，这期间，他大量阅读莎士比亚的作品、《堂吉诃德》和李义山的诗，还开始习佛修禅，这对他的文学创作风格产生了很大的影响。

在武昌时，废名就非常喜欢鲁迅的小说，到北大后又在课堂上受到鲁迅的言传身教，于是废名早期小说很自然地受到鲁迅的影响，最具有代表性的一篇是《浣衣母》。他的乡土小说风格也在一定程度上受到了鲁迅的影响，但同时又保持了自己独特的风格。

废名早期的生活经历为他的创作提供了丰富的素材和灵感，同时也塑造了他的文学风格和主题。废名的创作风格和主题深受他的生活经历影响，尤其是他在西山正黄旗村的生活。这段经历让他更加关注人性和生活的内在状态，他的作品充满了对人生的深刻思考和对人性的细腻描绘。

废名的作品中常常出现对农村生活的描绘，他通过对农村风土人情的细致刻画，展现了一个真实而又充满诗意的农村世界。这些描绘不仅具有浓郁的乡土气息，而且展现了他对农村生活的热爱和对农民的同情。他在作品中常常流露出对农民命运的关注，以及对中国传统文化的反思。

废名的作品中还常常出现对童年的描绘。他对童年的回忆充满了温情和诗意，他的笔下流淌着对童年生活的怀念和对儿童纯真天性的赞美。这些描绘不仅让读者感受到他对生活的热爱，而且展现了他对人性美好一面的追求。

同时，废名的创作也受到了佛教的影响。他在西山正黄旗村期间开始接触佛教，并逐渐深入了解佛教文化和思想。他的作品中常常出现与佛教相关的元素和思想，他对佛教的关注和对生命的思考也反映在他的创作中。废名的早期生活经历对他的创作产生了深远的影响，他的作品充满了对人生的深刻思考和对人性的细腻描绘。他的生活经历、乡土情怀、童年回忆以及对佛教的关注都深深地影响了他的创作风格和主题。废名的创作风格和主题不仅深受他的生活经历影响，而且与他的个人性格和审美追求有关。

文学创作是作家的精神活动，由于生活经历、人格、心理类型等因素的影响，每个人的创作风格自然不同，有的作家更关注外在世界的发展变迁，而有的作家则关注个人内心感受的表达。前者的文学创作成为伴随时代脉搏跳动的文学主潮，而后者因为声音的微弱，往往被时代边缘化。

荣格认为，精神在与世界的联系中，是朝两个主要倾向发展的。一是朝向个人主观世界的内部倾向，二是朝向外部环境的外部倾向。荣格把这两种倾向称为内倾和外倾。内倾是一种主观心态，通常以优柔寡断、深思熟虑、孤僻内向、不愿抛头露面为特征，而外倾是一种客观心态，是以开朗、正直、适应力强、善交际、喜冒险为特征。[1]很显然，在荣格看来真正的艺术家往往是一些性格内向的人，这些人往往不为一般人所理解，而自己又将自己看作不为人知的天才。他们由于不能适应外部世界或对现实生活不感兴趣而转向自己的内心深处，挖掘表达着人的内心情绪、感受，为自己，也为人类寻找出路和归宿，尽管这一终极关怀往往被历史的风尘、现实的冲突所遮蔽，但那是跨越时代与国界的情怀，因而获得了更高的艺术价值与更长久的

---

[1] 王岳川.二十世纪西方哲性诗学[M].北京：北京大学出版社，1999：212.

生命力。荣格的观点有其偏颇之处,但他是敏锐的,也有其不容置疑的合理性。依照荣格的人格分类,废名显然是后一类作家,即内倾性作家的典型代表。正如孟实(朱光潜)评价的:"废名先生不能成为一个循规蹈矩的小说家,因为他在心理原型上是一个极端的内倾者。小说家须得把眼睛朝外看,而废名的眼睛老是朝里看;小说家须把自我沉没到人物性格里面去,让作者过人物的生活,而废名的人物却沉没在作者的自我里面,处处都是过作者的生活。"[①]

文学创作是作家精神活动的产物,由于生活经历、性格、气质类型等因素的影响,有的作家更关注外在世界的发展变迁,而有的作家则关注个人内心感受的表达。前者的文学创作成为伴随时代脉搏跳动的文学主潮,而后者因为声音的微弱,被时代边缘化,但他们挖掘表达的人的内心情绪、感受是跨越时代与国界的,因而获得了更高的艺术价值与更长久的生命力。废名就是后一类作家的典型代表。

废名是一个内敛而深思的人,他的性格决定了他作品的风格。他的作品往往呈现出一种内向、静谧的氛围,充满了对内心世界的探索和对人性的深刻理解。他的作品中很少出现强烈的情感表达,而是通过细腻的描绘和刻画,展现出一种沉静而深刻的艺术效果。

此外,废名的审美追求也在一定程度上影响了他的创作。他追求的是一种简约、纯净的美学风格,他的作品语言简练、意境幽远,给人一种淡雅、自然的感觉。他在作品中注重对细节的描绘,通过细节来展现出整体的美感,这种追求在很大程度上塑造了他的作品风格。

废名的创作还受到了诗歌的影响。他从小就热爱诗歌,对古典诗歌和新诗都有深入的研究和理解。他的小说中常常出现诗歌的元素和韵味,他对诗歌的热爱和对美的追求也反映在他的创作中。

京派文艺批评家朱光潜在他的第一部重要著作《悲剧心理学》中写道:"一切正确的文艺批评理论都必须以深刻了解创造的心灵与鉴赏心灵为基

[①] 陈建军.废名年谱[M].武汉:华中师范大学出版社,2003:24.

础。过去许多文学批评之所以有缺陷，就在于缺少坚实的心理学基础。"①从心理学角度探讨"艺术如何在人心中呈现为艺术"的问题，是寻找作家，尤其是内倾性作家美学追求、创作风格形成的有效途径。

废名在六七岁时患过一场大病，当时称为"瘰疬"，这场病痛不仅在他的脖子上留下了累累的疤痕，声音也因此变得喑哑低沉，更重要的是给他留下了深深的病痛记忆："六七岁时大病一次，上学读书读到'子张曰书云高宗谅阴三年不言何谓也'便没有上学了，留下一个阴影，或者因为从此病了，或者因为这章书难读，空气很是黑暗。这一病有一年余时间，病好了，尚不能好好地走路，几乎近于残废，两腿不能直立。"②

在废名早期小说中，我们可以发现"病""病人""病痛""养病""死"一类跟患病有关的词汇大量出现。在《少年阮仁的失踪》《病人》《半年》《阿妹》《去乡》《桃园》中，乃至《莫须有先生坐飞机以后》时期，他一直在不失时机地强调这段童年记忆，使这些作品都具有不同程度的自传性色彩。可见这一患病经历对废名的挥之不去的深远影响。《病人》的叙述者"我"在看到别人的病痛时，曾经的痛苦记忆被唤起，"起初于颈之右侧突然肿起如栗子那样大小，经过半年几乎一年，由硬而软，终于破皮而流脓；接着左侧也一样肿起，一样由硬而软而流脓，然后右侧并不因先起而先愈；颈部如此，两腋又继续如此……"③所以"我"深深理解"病人"所承受的肉体与精神上的苦痛。相对于精神上的苦痛而言，肉体上的病痛算不了什么。关键是肉体的病痛使一个曾经健康的、独立的人变成弱者，连像洗衣服、提箱子这样的日常琐事也成了难事，以至于无奈而流泪。病痛使患病者变得敏感而自卑，同学的关心、建议、帮助、说笑被理解为嫌弃与嘲笑，挑夫们正常的讨价还价也使"我"感觉被轻视、欺侮……总之，一切正常的与人的交往都变得非常沉重、压抑。

医学心理学认为，当一个人患病后，只要意识清醒，就有心理活动，但

---

① 朱光潜.悲剧心理学［M］.合肥：安徽教育出版社，2005：8.
② 废名.莫须有先生传［M］.桂林：广西师范大学出版社，2003：309.
③ 冯文炳.竹林的故事［M］.北京：中国文联出版社，2009：24.

病人与健康人的心理活动有相同之处，也有不同之处。健康人的心理活动主要是为了适应社会生活，而病人多指向自身与疾病。病人在患病的时候，由于病体的反应、角色的变化、心理冲突等原因，主观感受与病前不同，会更加敏感。健康人往往集中精力忙于日常的工作生活，关注自己塑造的社会角色，心理活动经常指向外界客观事物，对身体状况不大留意。一旦患病，病痛就会使人不得不接受"病人角色"，把注意力转向自身，变得以自我为中心，往往只顾自己，没有多余的注意力可借留心外界之用。对周围其他事物兴趣降低，特别注意身体的变化，需要依赖别人的照顾，又会特别憎恨这种依赖，产生不可名状的焦虑、担心、害怕。

由于不能正常参与社会生活，人的社会价值感受挫，与之紧密联系的自尊心就会受到不同程度的伤害而更加敏感，从而产生无助感与自卑感。

生老病死是自然规律，每个人在一生中都会有暂时扮演"病人角色"的可能，病情的轻重不同会使人对"病人角色"的体会不同，不同的人对这一角色适应的程度也是不同的。适应良好的人会接受诊断、忍受治疗带来的不适与限制，直到痊愈。相反，适应不良的人会否认生病、避免谈自身的感受、拒绝别人的协助或担心自己不能应对外界的挑战而利用不明显的症状逃避责任。

《病人》中的"我"与"他"都有过对"病人角色"不能适应的过程。细致、深透的心理刻画证明，童年时的这场大病给废名留下的记忆是难以磨灭的，对他日后性格气质的形成、对人生和世界的看法、对生存方式的选择起着关键的决定性的作用。阿尔弗雷德·阿德勒（Alfred Adler）在《超越自卑》中也曾分析说："……在婴儿时候患病或先天因素，而导致身体器官缺陷的儿童……心灵的负担很重……他们大多只会关心自己的感受，……以后，他们还可能因为拿自己和周围的人进行比较而感到气馁。他们甚至还会因为同伴的怜悯、揶揄或逃避而加深其自卑感。这些环境都可能使他们转向自己，丧失在社会中扮演角色的希望，并认为自己被这个社会侮辱。"[①]

[①] 阿德勒.超越自卑［M］.刘泗，译.北京：经济日报出版社，1997：35.

病体虽然痊愈了，早年的创伤体验却留给废名一颗敏感忧郁的心灵和纤弱的情感。在《讲究的信封》《少年阮仁的失踪》《半年》《去乡》等作品中，都徘徊着一个感伤、自我、纤弱的主人公形象，他们都有着丰富的内心，却对自己应对外部世界的能力非常不自信，不喜欢也不愿与人交往，沉溺于心灵的独语，喜欢独处，又因为不得不承担社会、家庭的责任而自怨自艾，进而产生逃避现实的冲动。这一系列的形象无疑是废名在这一时期逼真的精神自画像。即使到了《桥》和莫须有先生时期，程小林和莫须有先生仍然是活在自我世界中的人，只不过找到了超越苦恼的途径。正如孟实（朱光潜）评价的："废名先生不能成为一个循规蹈矩的小说家，因为他在心理原型上是一个极端的内倾者。小说家须得把眼睛朝外看，而废名的眼睛老是朝里看；小说家须把自我沉没到人物性格里面去，让作者过人物的生活，而废名的人物却沉没在作者的自我里面，处处都是过作者的生活。"①

二、简约与深沉风格在早期创作中表现

废名的早期创作风格主要表现为简约与深沉。在废名的早期创作中，简约风格表现得尤为明显。他的作品往往以简练的文字表达出深刻的情感和思想。他追求文字的洗练和精粹，通过简短的句子和简洁的段落来表达复杂的情感和思想。这种简约风格使得废名的作品具有一种清新、自然、质朴的感觉，同时也具有一定的哲理性。废名的简约风格强调文字的内在力量和表达的精确性，他以简洁明了的文字表达出深刻的情感和思想，使读者能够直接感受到文字背后的情感和思想。这种风格强调作品的内在美感和思想深度，而不是外在的华丽和浮华。废名的简约与深沉风格在早期创作中表现得尤为明显，但这种风格并不是一成不变的。随着他的创作不断深入和发展，这种风格也在不断演变和升华。在他的后期作品中，我们可以看到他在保持简约与深沉风格的同时，也更加注重对人物形象和故事情节的刻画，使得他的作品更加生动、形象、具体。

---

① 陈建军.废名年谱[M].武汉：华中师范大学出版社，2003：24.

深沉风格则是废名早期创作的另一大特点。他的作品往往探究人生的意义和价值，表现出对生命的深刻思考和对人性的敏锐洞察。他的作品充满对人生的感悟和对人性的理解，通过深入剖析人物内心世界，展现出人生的复杂性和丰富性。这种深沉风格使得废名的作品具有一定的思想深度和情感厚度，能够引起读者对人生和社会的深刻反思。废名在作品中经常使用古典诗词中的意象和修辞手法，以及传统文化的思想、哲学、美学等元素，使他的作品具有浓郁的文化气息和独特的艺术风格。他通过对传统文化的传承和创新，在一定程度上丰富了现代文学的内涵和表现形式，为现代文学与传统文化的融合做出了有益的探索。

除了对传统文化的继承和创新，废名在作品中还表现出对现实社会的关注和批判。他的作品通过对社会现象的深入剖析和批判，揭示了现实社会中的种种不公和不合理现象，呼吁人们关注社会问题并寻求改变。他的作品具有鲜明的时代性和社会性，为现代文学注入现实主义的力量。

"病人角色"使废名形成内倾性的性格，也使他更加容易接受以自我价值为中心的个人主义思想的影响。这些对他日后文学创作风格、价值取向的形成都起到了一定的作用。

五四运动开始的时候，废名正在武昌省立第一师范学校读书。像所有有社会良知与爱国情怀的公民一样，他受到反帝反封建爱国运动与新文化思潮的激励，经常阅读《新青年》等进步刊物，接触民主、科学思想，关心当时的革命与文学运动。他早期小说、诗歌创作都是有现实感的。然而与左翼革命作家的创作不同，他虽然也在写看到的、经历过的现实，但现实事件、场景只是这类小说中模糊的背景，主要内容则是对主人公犹疑、徘徊、苦痛、怯懦、逃避的内心感受的细致描摹与挖掘。一个个关注现实却又与现实不能合拍、不能忘我投入现实中去的"弱者"形象跃然纸上。通过这些意识到自己肩头的社会、家庭责任，却又不能、不敢承担的人物，我们不难了解废名当时真实而又不乏自责的矛盾心态。

幼年时的患病经历，使他更关注自我内心的感受，家人过分的关注、照顾使他性格敏感、极其自尊，同时把自己定位为弱者，不相信自己有应对外界事物的能力,因此又很自卑。这使他作品中的自传性主人公看起来多以自我为中心,只顾自己。在《竹林的故事·自序》中,废名指出:《讲究的信封》《少年阮仁的失踪》《病人》有"某一时期留下的阴影"。他甚至曾不想将之收入集中,但后来意识到,他们是不应该被看轻的,因为他们记录着作者在一个时期的精神状态。

在《讲究的信封》中,主人公仲凝随同学参加了一次请愿活动,希望通过请愿实现改造社会的理想。但请愿发生的背景与过程在作品中并没有交代,一开篇交代的就是请愿的失败,学生挨打、受伤的狼狈结局。于是小说为我们展现了主人公仲凝痛苦、复杂的内心冲突:他对现实的不满,痛恨腐败的当时政府和愚昧麻木参与打学生的车夫,但面对失败,他只能失望、流泪,不再有勇气走向街头发出自己的声音、承担社会责任,也对自己是否具有参与社会改造的能力产生怀疑。

应该肯定的是,不论环境的影响多么重要,一个不能忽略的事实是,每个人从一开始就是很不相同的,即使让所有的人都在非常相似的环境中长大,个人之间的差异也是比较大的。面对复杂严峻的社会问题,社会中的个体都有关心参与的责任,但由于每个人的政治意识、参与能力、心理素质、胸怀抱负、价值观念各不相同,在承担国家社会责任、改变民族命运方面会扮演或轻或重的角色:有人力挽狂澜,有人力不从心。

朱光潜在《谈处群》中分析道:"在伦理信条上,我们的先哲固亦先国后家,公而忘私,于忠孝不能两全时,必先忠而后孝。但在事实上,家的观念比国的观念浓厚。读书人的最高理想是做官,做官的最大目的不在为国做事,而在扬名声,先父母。"[①]家庭是最小的社会单位,家庭责任是任何一个人不能逃避的,个人在家庭中扮演的角色显得更加重要。尤其是在一个重血缘的传统中国式家庭中,一个身为儿子、父亲、丈夫的人,是年迈父母、年轻妻子、年幼儿女的全部希望所在。仲凝深知父母为他已经倾注了一切:父亲寄钱给他买皮袍、眼镜,自己却穿着已经穿了二十年的破皮袄;家

---

① 朱光潜.朱光潜全集:第四卷[M].合肥:安徽教育出版社,2002:48.

人吃一块豆腐都成了奢侈的事。于是，为了家庭责任，"那差不多四个钟头以前发生的惨剧，几乎同梦一般地隐没了"①。为了家庭责任，他不得不放下自尊与清高，通过一个同学低声下气地向一个官僚求情。此时内心的折磨是非常痛苦的，"他彼时很费踌躇：去？不但理智告诉他这是耻辱，而且他实在感觉这是痛苦；不去？六十岁的父亲，难道自己不愿安闲？为的都是……"②他简直觉得自己就像被发现的贼，而且是第一次被发现的贼，将要去受审判一样。像仲凝这样的知识分子并不是对家庭社会漠不关心的，只是他更加关注自己的感受，敏感而自尊，对处理社会关系不感兴趣，也实在缺乏这方面的能力与信心，他为自己这些不可推卸的身份，不能胜任的重担而忧心忡忡，怀着愧疚的心情徘徊、犹豫，甚至产生逃避的心理。

有人说，不论从废名的散文还是小说里，"我们都能看出或多或少的日记式的自我记录与伤怀，他永远取材于自己……"③在书信《寄友人J·T》中，同样记录了他这一时期的心情。

> "总之，我羡慕哭，我的眼睛干得发烧；我幻想我是一个孤儿，孤儿只可怜自己。你是孤儿你却气愤我，气愤我的地位比你好！我好的什么呢？悲哀呵，为人而悲哀呵。我的肩膀是无力的，那担子，那别人的笑颜，别人的话声，都一秒一秒地来增加重量的担子是不知何时止的。有一日我将从梦里向你哭，说我已经死了，我压不过倒在地上死了，那么，我也许清凉罢！"
>
> "望着一定的战场，贡献我们的头颅，那时我们的英雄行为呵。我记是记得的，然而杀敌斩将也只是游戏一般的快意，跑到哪里去了呢？"④

---

① 冯文炳.竹林的故事[M].北京：中国文联出版社，2002：3.
② 同上。
③ 徐彦利.废名小说中的讲述人与倾听者[J].石家庄师范专科学院报，2001（2）：14-16.
④ 废名.废名文集[M].北京：东方出版社，2000：5.

很显然，此时的废名认为一个人能够很自我地活着，哪怕像孤儿那样，没有多余的责任才是最理想、最幸福的生活方式。哪怕经历饥饿、寒冷等肉体的折磨，也是幸福的。相反一个衣食无忧，受过高等教育的知识分子却因背负着过多的"别人"的悲喜而失去了做"自我"的自由和权利。因此，他这样评价和鲁迅与他人合译的《现代日本小说集》："这集子共是三十篇，篇篇让我读了舒服，但又怅惘，为什么我们贵国很少这样的人呢？本自己的兴趣，选定一种生活样式，浸润于此，酣醉于此，无论是苦是甜。这回绝不是由虚骄而生嫉愤了，我只深深的感着中国人的悲哀呵。"[①]

在《少年阮仁的失踪》中，他又借阮仁之口说出自己的苦恼与愿望，阮仁曾带着美好的理想走出乡村来到北京，然而十年的北京求学生活，没有给他一点欢喜的、渴望的，没有朋友，没有愉快，没有交流，只有令人发狂的冷笑，到处是没有人味的怪物……阮仁道出了他与社会不能相容的辛酸："住京以来，没有一天快乐：越住越骄傲，越骄傲越憔悴；越读书越与世人不容，越与世人不容越没有饭吃……"

如果说仲凝是迷惑而苦恼的，对现实感到不知所措，那么阮仁已想出他想要的生活的样子：一种最自然最合理的活在这世间的方法。究竟什么才是"最自然最合理"的活在这世间的方法呢？

他认为不应该有"法律"。这"法律"在这里应该被理解为限制自由的任何法则规范。因为"天才是不应该屈就的"，他不愿"用了自己的耳朵听那些与自己不相干话，自己的眼睛看那些与自己不相干的事"，只要是按自己的意志选择的，哪怕是死，也是有价值的。他甚至羡慕街头流浪的乞丐、不谙世事的孩子、孤苦无依的孤儿，他相信他们才是自然合理地活着。因为对于一个人来说，温饱并不是最大的问题，最重要的是他应该可以自由地去选择自己的生活。他喜欢做的就是走到乡村去，亲近大自然，与他交往的人都是单纯天真的儿童、质朴的农村妇女，过想哭就哭，想笑就笑的生活。

这样的人生是废名一生的追求，当在现实生活中无法实现时，他就在文

[①] 废名.废名文集[M].北京：东方出版社，2000：1.

学中编织美梦,《桥》《莫须有先生传》《莫须有先生坐飞机以后》都是某种程度上的理想生活的想象文本,而且他最终在现实中也实践了生活理想,使自己无论在文学上还是生活上都成为与众不同的例外。

郁达夫在《中国新文学大系·散文二集》导言中说:"五四运动最大的成功就在于个人的发现,从前的人是为君为道为父为母而活着的,而现在的人是为自己而活着了。"①李大钊说:"我们现在所要求的是个性解放自由的我,和一个人人相爱的世界,介在我与世界之间的国家、阶级、族界,都是进化的阻障,应该逐渐废除。"②事实证明,绝对的个人主义在现实中只能处处碰壁。因为任何一个人都是社会的存在,个人命运与国家民族命运是不可分离的。

但个人主义出现的合理性是毋庸置疑的,梁漱溟曾尖锐地指出:"中国文化最大之偏失,就在个人总不被发现这一点上,一个人简直没有站在自己立场说话的机会,多少情感要求被压抑。"③这种以个人本位的"自我"的发现唤起了人的觉醒,是现代人类意识、文明意识的觉醒。因为现代意义上的国民是摆脱了传统的人身依附关系的非身份化的个体,这种非身份化的个体是现代国家的合法化基础,因此平等观念、个人意识都是成为现代国民必具的特性。

任何一个人都无法完全从其所属的国家、社会、文化中完全剥离出来。这也正是废名早期作品中感伤情绪形成的原因。他站在人生的十字路口,一方面,幼年时代的"病人角色"留给他敏感内向的性格气质,使他更加关注自己的精神世界与内心感受,对个人主义心向往之。另一方面,知识分子的身份决定他清醒地认识到他必须面对现实,知识分子的良知也提醒他,有着不可能推卸的社会责任。正义感与责任心他无疑是具有的,只是他过于留恋内心的独立与平静。因此,他早期小说中出现了一系列个性矛盾、软弱、精神孤独、身体病弱的形象,都是一些"弱的天才","阮仁"就是"软弱的

---

① 郁达夫.中国新文学大系·散文二集·导言[M].上海:上海文艺出版社,2003:2.
② 李大钊.李大钊文集[M].北京:红旗出版社,1997:221.
③ 梁漱溟.梁漱溟学术论著自选集[M].北京:北京师范学院出版社,1992:383.

人"，可见废名矛盾的心态。但废名还是在相当长的一段时间选择退回到个人的世界中去，离开了社会运动的潮流，去追求他认为"自然合理的生活"。然而，国难当头，社会动荡，他无法在现实中找到"清凉"舒适的生存环境，于是他只好以"梦"的形式营造他理想中的人生，创造了他独有的、个人化的、梦一般的文学世界。

第三节　废名小说创作的价值与意义

废名的小说创作具有独特的艺术风格和深远的文学价值。他的作品不仅具有探索性、实验性、前卫意识及个性化色彩，而且深受中国传统文化和乡土生活的影响。废名的儿童小说以散文化的笔法描写乡镇特有的风土人情，活脱脱的孩子神韵，带有浓郁的乡土味。他的儿童小说为19世纪20年代的儿童小说作了开拓，具有一定的意义。

废名的小说创作不仅具有独特的艺术风格和深远的文学价值，而且承载着丰富的历史文化内涵和社会生活图景。他的作品不仅是对中国传统文化的深入挖掘和传承，而且是对现代社会生活状态的深刻反映和反思。

废名的小说创作具有鲜明的乡土特色。他的作品以乡村生活为背景，通过对乡土风情的细腻描绘，展现了中国传统文化的魅力和生命力。他笔下的乡土生活既是优美的自然风光和淳朴的民风民俗的画卷，又是对现代社会功利主义和浮躁心态的批判。这种乡土特色不仅使他的作品具有浓郁的地方色彩，而且使他在中国文学史上独树一帜。

废名的小说创作具有强烈的现代意识。他的作品不仅关注个体的内心世界和情感体验，而且关注社会现实和时代变迁。他用现代小说的手法和技巧，揭示了现代社会生活的不确定性和异化感，反映了现代人的孤独、迷茫和焦虑。这种现代意识使他的作品具有深刻的现实意义和时代价值。

废名的小说创作具有深厚的文化底蕴。他的作品既吸收了中国传统文化的精髓，又借鉴了西方现代文学的技巧和手法。他通过对中国传统文化和西方现代文学的融合和创新，形成自己独特的文学风格和语言特色。这种文化底蕴使他的作品具有深厚的内涵和艺术价值。

废名的小说创作具有丰富的历史文化内涵和社会生活图景，他的作品不仅是对中国传统文化的传承和创新，而且是对现代社会生活的深刻反映和反思。他的独特风格和写作手法被许多后来的作家所借鉴和模仿。他的作品中所描绘的乡土生活和现代意识也为后来的作家提供了重要的创作灵感和素材。他的作品还对后来的文学流派和思潮产生了一定的影响，如"京派文学""寻根文学"等都受到了他的创作思想和风格的影响。废名的小说创作对文化和社会的发展产生了重要的推动作用。他的作品中所蕴含的中国传统文化和乡土生活为当时的文化和社会提供了一定的参考和启示。他的作品中所反映的现代意识和时代精神也为当时的文化和社会提供了重要的思考和探索。他的作品还对后来的文化和社会发展产生了一定的影响，如对传统文化和乡土生活的挖掘和传承、对现代意识和时代精神的探索和发展等。

综上所述，废名的小说创作不仅在文学上具有独特的价值和意义，而且在文化和社会层面上产生了深远的影响。他的作品不仅为当时的文学界带来了一种全新的风格和视角，而且对后来的文学创作产生了重要的启示和影响。因此，进一步研究和探讨废名的小说创作对我们深入理解中国现当代文学和文化的发展具有一定的意义。

参考文献

[1] 吴代芳. 目前杜诗研究中存在的问题——评"杜甫诗论"和"杜甫写典型"[J]. 文史哲, 1957（1）: 53-59.

[2] 刘忠恕. 就《阿Q正传》的几个主要问题和冯文炳教授商榷[J]. 吉林大学人文科学学报, 1959（2）: 25-34.

[3] 庐湘. 对冯文炳教授论"阿Q正传"一文的意见[J]. 吉林大学人文科学学报, 1959（2）: 35-42.

[4] 金恩晖. 论美学及其科学的研究途径——读冯文炳先生《美是客观存在和美学》后的几点意见[J]. 吉林大学社会科学学报, 1962（4）: 39-59.

[5] 刘柏青. 对《谈艺术形式》一文的意见[J]. 吉林大学社会科学学报, 1963（2）: 31-42.

[6] 韩凌. 略论艺术形式的历史规律——读冯文炳同志《谈艺术形式》一文的几点意见[J]. 吉林大学社会科学学报, 1963（2）: 15-30.

[7] 邵荃麟. 关于鲁迅从"五四"到一九二七年的思想——致《鲁迅研究》作者冯文炳同志的信[J]. 图书馆志, 1982（1）: 61-62.

[8] 杨义. 废名小说的田园风味[J]. 中国现代文学研究丛刊, 1982（1）: 15-31.

[9] 唐弢. 四十年代中期的上海文学[J]. 文学评论, 1982（3）: 102-111, 144.

[10] 金训敏. 不断进取，有所作为——怀念冯文炳先生[J]. 吉林大学社会科学学报, 1982（6）: 51-55.

［11］陈振国.冯文炳小传［J］.新文学史料，1983（3）：101-102，124.

［12］冯健男.说废名的生平［J］.新文学史料，1984（2）：106-112.

［13］冯文炳.冯文炳选集［M］.北京：人民文学出版社，1985.

［14］倪墨炎.略谈废名的小说［J］.语文学习，1985（4）：49-53.

［15］冯健男.谈废名的小说创作［J］.中国现代文学研究丛刊，1985（4）：140-151.

［16］《书林》杂志编辑部编.现代作家四十人［M］.上海：上海人民出版社，1986.

［17］马良春.惴惴集［M］.福州：海峡文艺出版杜，1986.

［18］刘中树.中国现代百部中长篇小说论析［M］.长春：吉林大学出版社，1986.

［19］鹤西.怀废名［J］.新文学史料，1987（3）：137-138.

［20］肖平.废名艺术精神双层面初探［J］.江西社会科学，1988（3）：114-116.

［21］冯健男.废名——杰出的散文家［J］.江汉论坛，1988（6）：50-55.

［22］杨义.文化冲突与审美选择［M］.北京：人民文学出版社，1988.

［23］吴奔星.中国新诗鉴赏大辞典［M］.南京：江苏文艺出版社，1988.

［24］蒋成瑀.废名诗歌解读［J］.中国现代文学研究刊，1989（4）：219-231.

［25］马伟.幽美·孤峭·自然——从《菱荡》析废名［J］.淮阴师专学报（哲学社会科学版），1989（3）：100-102.

［26］纪桂平.古朴的田园美平凡的人性美——冯文炳《菱荡》赏析［J］.名作欣赏，1989（4）：69-73.

［27］冯健男.废名在战后的北大［J］.新文学史料，1990（1）：101-105.

［28］殷卫星.论废名和沈从文的小说创作——兼谈中国现代抒情小说的特征［J］.徐州师范学院学报，1990（2）：29-33.

［29］杨剑龙.寂寞的诗神：何立伟、废名小说之比较——中国现当代作家比较之一［J］.中国现代文学研究丛刊，1990（4）：198-206.

[30] 树严. 废名的《河上柳》[J]. 江淮论坛, 1990 (5): 84.

[31] 陈方竞. 水的情致诗的意趣——读废名《竹林的故事》[J]. 名作欣赏, 1990 (6): 29, 47-49, 50-52.

[32] 孟实. 我是梦中传彩笔——废名略识[J]. 读书, 1990 (10): 28-34.

[33] 孙玉石. 中国现代诗导读: 1917—1938 [M]. 北京: 北京大学出版社, 1990.

[34] 金训敏. 废名小说的美与晦及其深层关联之谜[J]. 文艺鸣, 1991 (1): 65-69.

[35] 冯健男. 废名与胡适[J]. 新文学史料, 1991 (2): 136-138.

[36] 姜云飞. 废名小说的禅学底蕴[J]. 浙江师大学报, 1991 (3): 44-48.

[37] 李俊国. 温馨柔美的人性世界的"梦之使者"——废名小说《浣衣母》论析[J]. 名作欣赏, 1991 (5): 80-81.

[38] 陈振国. 冯文炳研究资料[M]. 北京: 知识产权出版社, 2010.

[39] 罗成琰. 废名的《桥》与禅[J]. 中国现代文学研究丛刊, 1992 (1): 70-81.

[40] 徐文谋. 废名小说的意境结构分析[J]. 山东师大学报 (社会科版), 1992 (2): 71-74.

[41] 孙基林, 柳磊. 略论废名小说的庄禅意趣[J]. 山东社会科学, 1992 (2): 43-48.

[42] 朱亚宁. 论废名小说的文体特征[J]. 四川师范大学学报 (社会科学版), 1992 (4): 36-43, 49.

[43] 刘秉仁. 近十年废名研究述评[J]. 中国现代文学研究丛刊, 1992 (4): 237-245.

[44] 肖平. 试论废名抒情小说的风格演化[J]. 江西社会科学, 1992 (4): 78-81.

[45] 饶新冬. 思索生命——废名小说意象读解[J]. 上海大学学报 (社会科学版), 1992 (5): 4-11.

[46] 杜秀华.《桥》: 在禅境中构筑[J]. 辽宁大学学报 (哲学社会科

版），1993（1）：97-101，107.

[47] 冯健男.废名与家乡的文学因缘［J］.黄冈师专学报，1993（3）：3-8.

[48] 吴中杰.废名田园小说［M］.上海：上海文艺出版社，1993.

[49] 王泽龙.废名的诗与禅［J］.江汉论坛，1993（6）：54-58.

[50] 饶新冬.是"诗化"不是"散文化"——废名研究之三［J］.上海大学学报（社会科学版），1994（1）：10-16.

[51] 李文平.略论废名小说的审美意蕴与艺术表现［J］.贵州社会科学，1994（5）：53-58.

[52] 杜秀华.诗笔禅趣写田园——废名及其对现代抒情小说的影响［J］.文学评论，1995（1）：152-159.

[53] 王才路.废名小说创作简论［J］.烟台大学学报（哲学社会科学版），1995（4）：55-59.

[54] 王家康.论废名的诗学［J］.河南教育学院学报（哲学社会科学版），1995（4）：52-58.

[55] 徐青枝.废名审美意识的心理机制［J］.荆门职业技术学院学报，1999（5）：36-39.

[56] 吴小如.书廊信步［M］.沈阳：辽宁教育出版社，1995.

[57] 朱晓江.文明冲突的抉择——"五四"时期鲁迅、废名小说创作价值取向之比较［J］.杭州师范学院学报，1995（5）：31-35.

[58] 饶峘.交响东西方传统，走向世界文学——废名综论［J］.福建论坛（文史哲版），1996（1）：32-35.

[59] 古贞杏.新发现的废名四篇著作［J］.中国现代文学研究丛刊，1996（2）：239-246.

[60] 张永.二十年代废名（冯文炳）乡土小说的民俗倾向［J］.镇江师专学报（社会科学版），1996（4）：38-41.

[61] 马从正.论废名的田园小说［J］.江苏教育学院学报（社会科学版），1996（4）：89-92.

[62] 房向东.鲁迅与他"骂"过的人［M］.上海：上海书店出版社，1996.

[63] 钱理群.中国现代堂·吉诃德的"归来"——《莫须有先生传》、《莫须有先生坐飞机以后》简论[J].云梦学刊,1991（1）：55-58.

[64] 陈建军.废名小说晦涩之因探析[J].黄冈师专学报,1997（2）：27-32.

[65] 李文平."画梦"与"写实"的艰难选择——废名小说创作的困惑[J].重庆师院学报（哲学社会科学版）,1997（1）：39-45.

[66] 贺昱.哀愁·田园·梦——对废名前期小说的一种解读[J].西藏民族学院学报（社会科学版）,1997（2）：75-79.

[67] 杨厚均.道境与禅境——沈从文、废名小说意蕴比较[J].云梦学刊,1997（2）：67-70.

[68] 冯健男.废名的小说艺术[J].文艺理论研究,1997（3）：71-78.

[69] 赵跃鸣.废名乡土小说的艺术特点[J].镇江师专学报（社会科学版）,1997（4）：81-83.

[70] 刘绪源.冬夜小札：刘绪源书话[M].杭州：浙江人民出版社,1997.

[71] 废名.废名短篇小说集[M].长沙：湖南文艺出版社,1997.

[72] 废名.纺纸记[M].珠海：珠海出版社,1997.

[73] 艾以,曹度.废名小说[M].合肥：安徽文艺出版社,1997.

[74] 辛笛.20世纪中国新诗辞典[M].上海：汉语大词典出版社,1997.

[75] 陈建军.《冯文炳著作年表》补遗[J].黄冈师专学报,1998（1）：60-62.

[76] 赵跃鸣.废名与黄梅乡村[J].江苏社会科学,1998（1）：129-132.

[77] 闫继承.淳朴自然空灵超脱——沈从文、废名小说意境比较[J].沈阳大学学报,1998（1）：17-19.

[78] 吴晓东.新发现的废名佚诗40首[J].中国现代文学研究丛刊,1998,（1）：249-260.

[79] 彭松乔.生命哲学：废名小说艺术观照的底蕴[J].武汉教育学院学报,1998（1）：23-28.

[80] 朱晶.论废名小说中的诗与禅[J].娄底师专学报,1998（1）：55-58.

[81] 左文华. 新诗的散文美——读冯文炳《谈新诗》札记 [J]. 辽宁师专学报（社会科学版），1999（1）：64-67.

[82] 张可喜. 论废名早期小说的美学特征 [J]. 河北学刊，1998（3）：64-68.

[83] 陈国恩. 废名小说的禅意与佛性 [J]. 四川三峡学院学报（社科版），1998（3）：21-25.

[84] 冯健男. 废名小说的诗与真 [J]. 河北师范大学学报（哲学社会科学版），1998（4）：86-91.

[85] 赵彬. 略论废名诗歌的哲理境界 [J]. 荆州师专学报，1998（6）：60-64.

[86] 废名. 论新诗及其他 [M]. 沈阳：辽宁教育出版社，1998.

[87] 废名. 废名集 [M]. 沈阳：沈阳出版社，1998.

[88] 孔占奎. 独特的审美取向及艺术追求——对废名诗歌的再认识 [J]. 攀枝花大学学报，1999（1）：56-58.

[89] 杨厚均. 拂尘即净的梦中之梦——论废名前期的禅化创作 [J]. 武汉冶金科技大学学报（社会科学版），1999（1）：72-75.

[90] 左文华. 新诗的散文美——读冯文炳《谈新诗》札记 [J]. 辽宁师专学报（社会科学版），1999（1）：64-67.

[91] 杨厚均. "俗"的回归与超越——论废名后期的禅化创作 [J]. 武汉冶金科技大学学报（社会科学版），1999（2）：75-78.

[92] 陈建军. 冯文炳的三个笔名 [J]. 文教资料，1999（2）：86-87.

[93] 王青. 废名的叙事策略与宗教情怀 [J]. 南京社会科学，1999（2）：60-64.

[94] 罗振亚. 迷人而难启的"黑箱"——评废名的诗 [J]. 中国现代文学研究丛刊，1999，（2）：190-204.

[95] 逄增玉. 废名乡土小说隐含的反现代性主题及其叙事策略 [J]. 东北师大学报，1999（3）：31-35.

[96] 杨厚均. 废名创作中禅意的形成与嬗变 [J]. 湘潭大学学报（哲学社会

科学版），1999（3）：60-63，94.

［97］丁晓萍.略论禅宗对废名小说的影响［J］.上海交通大学学报（社会科学版），1999（4）：97-101.

［98］郁缨缨.禅趣写田园　楚韵绘边城——废名、沈从文小说创作之比较［J］.抚州师专学报，1999（4）：26-31.

［99］杜秀华，许金龙.梦中的田园——论废名、沈从文小说的人性美母题［J］.沈阳师范学院学报（社会科学版），1999（6）：51-57，96.

［100］王凯.冲淡平和的人间牧歌——简评废名的诗化小说［J］.广西师范大学学报（哲学社会科学版），2000（S2）：83-87.

［101］罗昌智.挣不脱的脐带——废名小说与中国传统文化［J］.江汉论坛，2000（3）：81-83.

［102］张健.废名《谈新诗》之我见［J］.锦州师范学院学报（哲学社会科学版），2000（3）：50-51.

［103］顾金春.废名乡土小说晦涩之风及其成因［J］.南通师范学院学报（哲学社会科学版），2000（3）：29-31.

［104］哈尔克.废名谈玄［J］.中国现代文学研究丛刊，2000（3）：85.

［105］朱晶.论废名小说中的诗与禅［J］.韩山师范学院学报（社会科学版），2000（3）：54-59.

［106］陈茜.试论废名小说的美学风格［J］.江西师范大学学报，2000（4）：68-72.

［107］陈茜.试论废名小说的文体特征［J］.江西社会科学，2000（6）：27-31.

［108］于宝娟.入口微涩余味久长——浅谈废名小说的语言艺术［J］.语文学刊，2000（6）：21-23.

［109］吴晓东.背着"语言的筏子"——废名小说《桥》的诗学解读［J］.中国现代文学研究丛刊，2001（1）：32-42.

［110］姜德明.废名佚文小辑［J］.新文学史料，2001（1）：144-147.

［111］王凯.废名诗化小说简论［J］.广西梧州师范高等专科学校学报，

2001（1）：29-33.

［112］王捷. 玄思的诗意——论废名之诗及其诗学观［J］. 乐山师范学院学报，2001（1）：38-41.

［113］刘年辉. 儒道佛思想对废名的影响综论［J］. 长沙大学学报，2001（1）：21-24.

［114］吴晓东. 意念与心象——废名小说《桥》的诗学研读［J］. 文学评论，2001（2）：133-141.

［115］刘勇. 废名小说的时间与空间［J］. 当代作家评论，2001（2）：24-34.

［116］徐彦利. 废名作品中的讲述人与倾听者［J］. 石家庄师范专科学校学报，2001（2）：14-16.

［117］刘年辉，谢泽勇. 幻美的乌托邦——读废名的《桥》［J］. 株洲师范高等专科学校学报，2001（3）：35-38.

［118］金昌庆. 寄情林泉：废名小说中隐士原型的变形［J］. 南京理工大学学报（社会科学版），2001（3）：9-13.

［119］李松. 童心与佛理契合的世界——丰子恺审美理想解读［J］. 广西师院学报，2001（3）：46-49.

［120］马俊江. 桥这边的风景——废名《桥》中物与风景的世界［J］. 河北大学学报（哲学社会科学版），2001（3）：146-149.

［121］孙郁. 往者难追［J］. 读书，2001（4）：56-60.

［122］陈建军.《莫须有先生坐飞机以后》：漫漶的"水"［J］. 黄冈师范学院学报，2001（4）：41-44.

［123］夏元明. 论废名《桥》的闺阁情趣［J］. 黄冈师范学院学报，2001（4）：37-40.

［124］查长莲. 废名小说《桥》的意境美［J］. 安庆师范学院学报（社会科学版），2001（4）：59-61，71.

［125］杨莉，随桂月."小人物"的画谱——谈契诃夫小说对废明小说的影响［J］. 天中学刊，2001（4）：50-53.

[126] 冯思纯. 为人父, 止于慈——纪念父亲废名诞辰100周年 [J]. 新文学史料, 2001（4）: 114-123.

[127] 黄英.《桥》: 诗意写作的文本 [J]. 名作欣赏, 2001（5）: 53-57.

[128] 夏元明. 从造境到纪实: 废名禅味小说艺术嬗变 [J]. 云南师范大学学报（哲学社会科学版）, 2001（5）: 95-99.

[129] 王万鹏. 从《竹林的故事》看废名早期小说的艺术特色 [J]. 甘肃教育学院学报（社会科学版）, 2002（1）: 29-32.

[130] 李卫涛. 废名对初期新诗三条实验路径的论析 [J]. 黔东南民族师专学报, 2002（1）: 46-47.

[131] 蔡荷芳, 杜冬梅. 物境相似情感迥异——沈从文、废名小说意境比较 [J]. 池州师专学报, 2002（1）: 60-61.

[132] 李光曼.《莫须有先生传》晦涩原因新探 [J]. 温州师范学院学报（哲学社会科学版）, 2002（1）: 38-42.

[133] 邵金峰. 告诉你一个你不熟悉的三姑娘——对废名《竹林的故事》的一种解读 [J]. 宜宾学院学报, 2002（1）: 48-49.

[134] 李光曼. 不一样的图景——兼论《祝福》和《浣衣母》的对话性叙事 [J]. 安顺师专学报, 2002（1）: 16-20.

[135] 龚云普. 聋乎？哑乎？——废名小说《菱荡》的当代透视 [J]. 惠州大学学报（社会科学版）, 2000（2）: 55-58.

[136] 止庵. 废名的诗集 [J]. 新文学史料, 2002（2）: 198-199.

[137] 杨志. 论废名的文章观和后期小说创作之关系 [J]. 海南师范学院学报（人文社会科学版）, 2002（3）: 20-26.

[138] 夏元明. 废名小说的"审丑" [J]. 韩山师范学院学报, 2002（3）: 43-47.

[139] 黄连平. 试论废名的小说风格 [J]. 商丘师范学院学报, 2002（3）: 31-32.

[140] 郭岚芬. 天下众生皆存于心——废名《莫须有先生传》的现实性 [J]. 语文学刊, 2002（3）: 25-26.

[141] 陈建军，张吉兵. 抗战期间废名避难黄梅生活与创作系年［J］. 黄冈师范学院学报，2002（4）：52-53.

[142] 许兴苗. 文化情致上的不同取向——废名、沈从文乡土小说之比较［J］. 浙江树人大学学报，2002（4）：57-60.

[143] 周荷初. 竟陵派与废名的散文创作［J］. 船山学刊，2002（4）：106-109.

[144] 钱秀琴. 废名散文化小说的叙事艺术［J］. 河西学院学报（哲学社会科学版），2002（4）：31-34.

[145] 刘宇凡. 论废名与20年代"乡土小说"作家的差异［J］. 石家庄经济学院学报，2002（4）：417-419.

[146] 汪化云，夏元明. 废名小说中的黄梅方言成分［J］. 黄冈师范学院学报，2002（5）：31-36.

[147] 陈建军. 废名研究综述（1981—2001）［J］. 黄冈师范学院学报，2002（5）：25-30，39.

[148] 陈茜. 爱人生而不留恋人生——论废名小说的审美情怀［J］. 学术研究，2002（5）：121-125.

[149] 张吉兵. 熊十力撰《黄梅冯府君墓志》发微［J］. 黄冈师范学院学报，2002（5）：22-24.

[150] 郭岚芬. 柳风竹韵自有荫——论废名小说的创作价值［J］. 语文学刊，2002（5）：19-20.

[151] 董建雄. 现代抒情小说的开拓与发展——废名、汪曾祺小说比较论［J］. 绍兴文理学院学报（哲学社会科学版），2002（5）：40-44.

[152] 管兴平. 论废名小说的追寻与失落［J］. 沙洋师范高等专科学校学报，2002（5）：49-51.

[153] 夏元明. 论《莫须有先生传》的用典［J］. 贵州社会科学，2002（6）：58-62，98.

[154] 郭岚芬. 独特的人生关注——论佛禅文化思想对废名小说创作的影响［J］. 内蒙古大学学报（人文社会科学版），2002（6）：85-90.

[155] 黄连平.废名小说《桥》中的意境与风景世界[J].中州学刊,2002（6）:76-78.

[156] 格非.小说叙事研究[M].北京:清华大学出版社,2002.

[157] 止庵.读《莫须有先生传》[J].黄冈师范学院学报,2003（1）:54-59.

[158] 阎浩岗.生命感伤体验的诗化表达——王统照、郁达夫、废名小说合论[J].天津师范大学学报（社会科学版）,2003（1）:58-63;73.

[159] 张鑫.镜内的禅境,镜外的人生——浅谈废名诗歌创作中佛禅思想的影响[J].重庆社会科学,2003（1）:40-42.

[160] 李柏青.试论废名二十年代的现代乡土小说[J].琼州大学学报,2003（1）:82-83.

[161] 废名.废名小说[M].杭州:浙江文艺出版社,2003.

[162] 卢红敏,周光明.论诗化小说的艺术特质——以沈从文、废名小说创作为例[J].石油大学学报（社会科学版）,2003（2）:93-97.

[163] 金昌庆.永瞻风采:废名小说中的阿尼玛原型[J].宁夏社会科学,2003（3）:125-127.

[164] 徐妍.幻美中的哀歌——读废名《桃园》[J].中文自学指导,2003（2）:45-46.

[165] 吴薇.略论废名小说的诗意构成及其文化意蕴[J].人文杂志,2003（4）:115-117.

[166] 林锡潜.文化意向及其生命体悟:废名小说创作探微[J].福建教育学院学报,2003（4）:34-37.

[167] 陈建军.述评:1981年以来的废名小说研究[J].贵州社会科学,2003（5）:68-72.

[168] 金昌庆.寻找精神家园:废名小说的原型母题[J].广西社会科学,2003（6）:125-127.

[169] 陈建军."弃文就武"释义[J].鲁迅研究月刊,2003（10）:92-93.

[170] 夏元明.废名研究的新收获——评陈建军著《废名年谱》[J].写

作，2004（23）：21-22.

[171] 董乃斌.废名作品的文学渊源——以与李商隐的关系为中心[J].文艺研究，2004，（4）：39-47，158.

[172] 吴长龙.论废名小说的叙事艺术[J].黄山学院学报，2004（1）：99-101，105.

[173] 张丽华.废名小说的"文字禅"《桥》与《莫须有先生传》语言研究[J].中国现代文学研究丛刊，2004（3）：221-240.

[174] 李磊.谈废名小说的审美追求[J].新乡师范高等专科学校学报，2004（4）：73-74.

[175] 王嵘.论废名田园小说的写实性[J].江苏教育学院学报（社会科学版），2005（1）：77-80.

[176] 张佳惠.被"废"掉的废名[J].长治学院学报，2005（1）：46-47.

[177] 张鑫.诗笔言禅心——浅谈佛禅思想对废名诗歌创作的影响[J].涪陵师范学院学报，2005（2）：47-49.

[178] 杨联芬.归隐派与名士风度——废名、沈从文、汪曾祺论[J].北京师范大学学报（社会科学版），2005（2）：52-62.

[179] 戴国庆.论废名小说的诗意禅趣美[J].湘南学院学报，2005（3）：33-36.

[180] 朱伟华.诗意闪烁的影视画面——废名小说笔法新探[J].名作欣赏，2005（7）：41-49.

[181] 陶丽萍.徜徉在牧歌的诗性王国里——废名的文化意识及小说创作[J].武汉科技大学学报（社会科学版），2005（4）：90-94.

[182] 王金胜.论废名小说中的儒家文化意识[J].扬州大学学报（人文社会科学版），2006（3）：49-53.

[183] 夏元明.快乐的儒家精神——废名《菱荡》中的意象新解[J].渤海大学学报（哲学社会科学版），2006（4）：24-28.

[184] 黄开发.试论废名散文的文体[J].江淮论坛，2007（2）：78，187-192.